CW00925739

UN HIVER EN BRETAGNE

« Depuis trois semaines, la couleur de la lumière change presque tous les jours, les haies et les bosquets de saules commencent à s'éclaircir. Je guette par la fenêtre la cavalcade des nuages, au large, leurs ombres qui se font la course sur le champ labouré en contrebas. Un trait de lumière passe sur la mer comme une vague, s'enfle à toute vitesse, submerge le rivage, les arbres du Cosquer, et disparaît. Des taches d'encre noire envahissent le ciel, puis se déchirent en nappes de lumière, le bleu du ciel prend tout à coup des couleurs incroyables… »

C'est un retour sur les lieux de son enfance que Michel Le Bris, né à Plougasnou, dans la baie de Morlaix, « d'une histoire inachevée entre terre et mer », retrace ici : un pèlerinage au cœur de la Bretagne dont la beauté, écrit-il, lui fut révélée en même temps que ravie « seul est trouvé beau ce qui peut se mettre à distance ». Une marche, aussi bien, au long de laquelle seront convoqués les souvenirs les plus profondément enfouis, les expériences de l'âge adulte, l'œuvre inépuisable de Stevenson ; une très longue promenade à travers les landes, dans le « tournoiement des goélands braillards », devant les bateaux échoués à leurs corps-morts, sous la lumière qui fauche les hauteurs de Ti Louzou ; une rêverie, aussi, devant la la grande Histoire, à travers les récits de loups de mer entendus aux tables des bistrots, sur cette invraisemblable cohorte de marins, d'aventuriers, de corsaires et de marchands qui façonnèrent siècle après siècle « l'esprit du lieu » – et ce quelque chose d'impalpable, enfin, ce « je ne sais quoi de grisant » qui flotte dans l'air, une odeur de bruyère, peut-être, ou d'iode, résumant à elle seule la légèreté et le mystère de ce pays…

*Écrivain, créateur du festival « Étonnants Voyageurs »
à Saint-Malo, directeur de collection dans plusieurs maisons d'édition (Flammarion, Phébus, Hoebeke), Michel Le
Bris est à l'origine du mouvement dit des « écrivains voyageurs ». Il vit actuellement en Bretagne.*

Michel Le Bris

UN HIVER
EN BRETAGNE

ROMAN

NiL Éditions

TEXTE INTÉGRAL

ISBN 2-02-031016-3
(ISBN 2-84111-051-6, 1re publication)

© NiL Éditions, 1996

*Je dédie ce livre à ma mère,
pour tout l'amour qu'elle donna,
et les souffrances qu'elle vécut...*

1

Il descendait vers la mer au pas lourd de son cheval, le buste droit, le poing sur la hanche, et les ajoncs caressés par le vent se penchaient sur son passage. Les derniers touristes avaient depuis longtemps déserté la grève de Tréourhen, rendue au silence des bateaux échoués; une odeur forte, de sel et d'iode mêlés, montait des goémons jetés sur le rivage par les houles d'équinoxe et l'on aurait dit, dans la solitude retrouvée de l'automne, libéré de l'agitation des foules estivales, que l'espace reprenait ses véritables dimensions – et nous avec lui.

Une lumière rase sculptait des formes brutales à la pointe du Fort, la mer, lisse, était comme en attente, quand il apparaissait sur les hauteurs de Ti Louzou. Sa silhouette, un instant, se découpait sur le ciel, puis il s'enfonçait derrière les broussailles, avant d'envahir la grève d'une même coulée puissante, et moi, du haut de mes dix ans, caché derrière un rocher, je le regardais, bouche bée, prendre possession de son royaume. Le soleil allumait des presqu'îles de lumière sous ses pas tandis qu'il passait en revue les bateaux aux corps-morts, vieux grognards usés par tant de campagnes, penchés sur leurs béquilles, et les mouettes elles-mêmes demeuraient silencieuses tandis qu'il s'avançait, le poitrail droit, vers la mer immobile, et le large.

J'aurais voulu bouger, courir vers lui, crier, mais le silence pesait sur moi comme une pierre, un effroi sacré me serrait la poitrine et j'aurais juré que j'assistais par privilège, sinon par effraction, à quelque rituel venu du commencement des temps – les formidables épousailles du cheval et de la mer...

Puis il remontait la plage, toujours du même pas, Job Deuff de Ti Louzou, à cru sur son cheval de trait. Sa silhouette se découpait un instant sur le ciel, avant de disparaître, et c'était comme si une page du poème du monde se refermait doucement, offerte à moi seul. L'ombre bleue s'était arrêtée aux rivages de l'île Stérec, une fumée montait, droite, dans le ciel au-dessus de Carantec – et l'on aurait dit, en cet instant, que le temps lui-même retenait son souffle...

Pourquoi ces images me reviennent-elles soudain, si fortes que j'en tremble, à l'entrée de la grève ? La baie, cet après-midi, paraît vide jusqu'au large, et vide l'horizon. Un soleil roux nimbe d'or les goémons, allume des incendies dans les fougères du Cosquer et les marées d'ajoncs. Une fumée d'herbes brûlées monte droite, très loin, au-dessus de Samson. Et pas un bruit, rien, à peine un souffle au ras des eaux tranquilles : tout, en cet instant, paraît immobile, hors le temps. Oui, c'était exactement ainsi, ce jour où Job Deuff descendit à la mer – ce même silence, et cet espace. Et il me semble alors, sur ce chemin entre Térénez et Saint-Samson inlassablement arpenté depuis des décennies, devant les roches usées, presque, à force d'être regardées, que je m'avance à la rencontre de la mer pour la première fois – depuis les émerveillements de mon enfance. Comme si je revenais, à mon tour, prendre possession des lieux.

Des odeurs de terre montent des plis humides des talus, les feuilles des saules se teintent d'ocres et de bruns, un je-ne-sais-quoi de grisant flotte dans l'air, d'algues battues et de feuilles, qui annonce l'automne. Demain, les gens seront dehors, de nouveau, on pourra s'arrêter au bord des talus pour bavarder de tout et de rien, du sentier pédestre qui va finir par s'effondrer sous le piétinement pressé des touristes, des ormeaux qui reviennent, à ce que l'on dit, des crevettes moins nombreuses cette année – et puis, surtout, de la paix revenue. Les paysans qui, tout l'été, jouent aux boules derrière le café de la Forge, à l'abri des touristes et des photographes en quête de « pittoresque », pourront enfin sortir de leur cachette. Quant à ceux qui ont eu la chance de voir enfants, petits-enfants, frères, cousins, neveux et nièces se rappeler à leur bon souvenir, en plantant qui leur tente, qui leur caravane dans la prairie, près du jardin, ceux-là, saoulés de cris, de bruits, brisés par les lessives, épuisés par le rituel sacré des repas familiaux, eux aussi reprendront vie – demain. Mais, pour l'heure, on dirait que chacun – et jusqu'au paysage –, étourdi encore par le tumulte de l'été, n'aspire qu'à reprendre ses esprits. Comme s'il nous fallait à tous un moment pour nous reconnaître, retrouver notre dimension...

Je me blottis au creux d'un rocher blond. Est-ce moi qui l'ai à ce point usé, qu'on le dirait aujourd'hui un fauteuil ? Quand le soleil se lève, au-dessus du Cosquer, le matin, et que l'ombre glisse encore sur la frange de sable, on le croirait bleuté, mais ce soir il rayonne d'une lumière douce, chaude, qu'égaient les paillettes de mica, les éclats brefs des feldspaths et des quartz. Je ferme les yeux, laisse le silence monter à ma rencontre. Le silence, ce n'est pas l'absence de bruit, le blanc d'un « rien », non, le silence est peuplé de mille sons, il vit, et nous éveille, le silence, simplement, est la disparition du brouhaha, du bruit de fond, de ce qui rend à chacun les êtres et les choses informes, indifférenciés – et peu à peu j'entends, comme un battement d'ailes, le chuchotement léger de l'eau qui glisse sur le sable, le friselis d'une vaguelette, le pétillement des fucus séchés par le soleil qui reprennent vie à l'avancée de la mer, le jet brusque d'une coque ou d'un couteau. À quelques milles au large, vers le Vezoul, quelqu'un a parlé, que je ne vois pas – ce froissement de métal, peut-être une faucille qu'on aiguise, vers Samson ?... Si je réussissais à rester ainsi assez longtemps – mais peut-être faudrait-il plus de paix en moi –, j'entendrais, j'en suis sûr, le glissement des méduses à fleur d'eau, les plongées brusques des comatules, le piétinement pressé des étrilles au loin, comme à n'en pas douter les entend François de Pen an Dour, quand il garde ses moutons, appuyé à sa crosse de berger, immobile des heures durant face à la mer. Qui ne connaît l'histoire de ce moine traversant une forêt profonde qui entend un oiseau chanter, s'arrête un instant pour l'écouter et se retrouve à son retour étranger à son monastère, car son absence a duré cinquante ans ? Ainsi, toute vie qui ne se veut pas seulement végétative se tisse-t-elle de ces deux fils, voulait croire Stevenson : la quête de l'oiseau, et son écoute. À moins qu'en cette attente je devienne une pierre, un rocher de plus sur la grève de Tréourhen, que le vent et les vagues peu à peu effriteront, jusqu'au sable effacé par la mer...

Je tressaille. L'eau est à mes pieds. Le soleil a disparu derrière les terres basses du Léon, Stérec n'est plus qu'une masse bleue. On dirait les îlots des monstres endormis dans les draps gris argent de la mer. Un vent froid s'est levé sans que j'y prenne garde – sensation aiguë, tout à coup, *d'être de retour*.

À chaque fois je la retrouve le cœur battant. Passé la forge de Kermébel, je dévale le même chemin, bordé de broussailles. La ferme n'est plus, qui faisait toute la vie du manoir du Cosquer, les ormes qui l'enserraient dans un écrin sont morts pour la plupart, et tordent vers le ciel des moignons désolés, mais qu'importe ! Je cours jusqu'à ce coin de champ, que je connais bien – et si par malheur ? Mais non, elle est toujours là, qui se découvre, d'un coup, jusqu'au large. Les champs qui dégringolent dans la grève de Tréourhen, l'île Stérec, presque à portée de main, le château du Taureau, au front bas et massif, la flèche de Saint-Pol, orgueilleuse, au-dessus du fouillis des îlots, et puis, tapie au ras de l'horizon, l'île de Batz, très loin – mon royaume, inchangé, de la baie de Morlaix. Je reste un instant étourdi : Dieu, que c'est beau ! Et puis la douleur revient, ma vieille douleur, qui me scie bras et jambes.

J'avais quatorze ans. Je venais de passer une année à Versailles, comme pensionnaire au lycée Hoche – moi qui n'avais jamais dépassé les frontières de Plougasnou, sinon pour quelques rares promenades scolaires ! Et c'est à cet endroit, où j'ai la gorge, encore, qui se serre d'émotion, que tout me fut donné, d'un coup, à mon premier retour, ou retiré, selon le point de vue : la découverte de la beauté, et la douleur. Jusque-là, cette baie, je l'avais habitée : j'étais une partie d'elle, et elle était en moi. Mais belle ? Non : elle était mienne. J'ai su, ce jour-là, de quel prix se payait cette découverte : que seul est trouvé beau ce qui se peut mettre à distance, parce qu'on ne l'habite pas, ou plus. Belle, donc, pour moi, cette baie, depuis ce jour fatal où je m'en suis éprouvé orphelin. Et cette blessure-là, je sais qu'elle ne se refermera jamais.

Il est des lieux qui vous retiennent captifs – et puis il en est d'autres, qui vous sont comme des portes. J'ai perdu ce qui m'était ici une demeure – et plus peut-être que vous ne l'imaginez : car j'ai vu un monde mourir, sous le prétexte de « progrès ». Mais à quoi bon ? À qui faire comprendre, s'il ne l'a pas vécu, ce que cela peut signifier, d'avoir connu un temps sans électricité, sans eau, sans routes bitumées ni tracteurs, sans radio ni touristes, puis de l'avoir vu s'en aller, et une part de soi-même avec lui ? Disons que seule reste la porte, qui m'a sauvé...

Je descends le sentier du Cosquer, jusqu'à la mer et Pen an Dour. Ma maison natale est là, collée à la grève, solitaire, à mi-chemin entre les fermes basses de Saint-Samson, dos tournés au grand large, et le petit port de Térénez, où j'écoutais, enfant, les mots magiques lâchés par les marins au comptoir du bistrot. Pas un recoin, pas un caillou, pas un lieu qui ne garde pour moi les traces d'histoires évanouies, de fantômes en allés : c'est ici, par le chemin de Ti Louzou, que Job Deuff, royal, descendait ses chevaux à la mer ; là, au printemps, que remontaient les charrettes, chargées à bloc du goémon coupé vers les Roches Jaunes ; et là que Job, Paul et Olivier passèrent un été, les yeux vagues, à tailler et retailler le même talus, tandis qu'à deux pas des femmes s'exposaient nues – je veux parler, bien sûr, de nos premières touristes, dans leurs maillots de bain, à la plage...

Mais pas un lieu, non plus, qui n'ait été hanté par

mes rêveries, pas un lieu qui ne m'ait ouvert, un jour ou l'autre, un monde. Le vent, l'hiver, s'engouffrait en hurlant dans la baie, faisait trembler les volets clos, les falaises de Samson se couronnaient d'écume et j'étais Alan Breck, le héros de Stevenson, sur la dunette du *Covenant*, sa claymore à la main, qui massacrait ses ennemis en chantant – ou bien, avec quelques complices, je sautais dans le brave *Courlis*, un canot à misaine, pour prendre enfin d'assaut le château du Taureau, ou explorer Stérec, notre Ile au trésor, et son mystérieux souterrain... J'arpentais le rivage, dans le tournoiement des goélands braillards, des cargos glissaient, massifs, dans la passe du Taureau, la proue des remorqueurs s'enfonçait dans la lame – mais est-ce moi, ainsi, qui peuplait Térénez de mes rêves, ou bien le jeu du vent et des vagues qui me formait, m'ouvrait au grand poème du monde ? Je sais au moins une chose : que je suis né ici, de cette histoire inachevée entre terre et mer et que cela, jamais, ne pourra m'être ôté.

La voile brune hésite, faseye, à peine un soupir, les haubans craquent doucement, tandis qu'avec François Hervé, patron de pêche, je remonte des trémails, entre Mannou et Men Meur. Les pénombres de l'aube, alentour, prennent des couleurs lavande, les hauts de Saint-Samson se crêtent de rose pâle, une risée effiloche les écharpes de brume. Et tout à coup le banc de nage s'irise de nacre, de rubis, d'éclats de pierres précieuses, un long frisson parcourt l'étendue, et tout explose, s'embrase, dans un chatoiement incroyable de couleurs – rien que la fraîcheur d'un matin clair, dans la baie de Morlaix, et j'aurais juré pourtant qu'en cet instant-là, précisément, c'était l'univers entier qui s'offrait à moi, pour la première fois.

Presque rien, vous dis-je : toute la beauté du monde.

Quel étrange entêtement sans cesse me ramène vers ce rivage, veut qu'inlassablement je reprenne les mêmes gestes, les mêmes pas, comme s'il me fallait répéter quelque mystérieux mandala supposé me conduire vers – vers où? Parfois, il me semble n'avoir jamais voyagé *au plus loin* que pour retrouver, tout le reste oublié qui nous empêche de voir, us, coutumes, fatigues du quotidien, les émerveillements de mon enfance, cette ivresse légère de se sentir tout à coup traversé, le temps d'un éclair, le temps d'une fraction d'éternité, par le poème du monde. Le cri d'une tourterelle triste, dans la douceur d'un soir à Santispac, le sillage d'un canoë sur les eaux claires de l'Ontario, un matin, l'odeur du désert, au lever du jour, dans la lointaine Baja, ou les cris de lumière, après l'orage, sur le Kyle of Lolach, tous ces moments de grâce ne l'ont été, je le sais bien, que parce qu'ils me ramenaient *au plus près* des éblouissements de mon enfance. Mais que je revienne ici, sur ce chemin que j'emprunte à l'instant, que l'horizon, passé la pointe du Fort, se déploie devant moi, et voilà qu'aussitôt je l'entends, cette note accordée à moi seul, qui longuement résonne dans les lointains, et m'appelle – voilà qu'une nostalgie me prend, à me dévorer l'âme, de royaumes en allés qui me seraient Bretagne...

« De tous les mystères du cœur humain, il n'en est pas de plus insondable », s'étonnait déjà Stevenson : quelle fièvre étrange, tout à la fois nous ronge de nostalgie, et nous précipite sans trêve vers les quatre horizons? « Ah! Entendre dans un pays lointain une voix que je sais de mon sang entonner : " Oh! Pourquoi ai-je quitté mon pays? " et il me semble que jamais aucune beauté sous les cieux ne saurait me récompenser d'avoir laissé tout cela derrière moi... »

C'est ce mystère, aussi, qui me ramène à ces rivages, l'énigme de cette blessure, l'été de mes quatorze ans, que j'explore et ravive. Elle aurait pu me détruire : je me suis reconstruit à partir d'elle. Expulsé du Paradis, jamais plus je ne serais ce jeune sauvageon vibrant aux rythmes du monde sans la moindre distance – je finis par comprendre qu'il me faudrait désormais, pour les éprouver de nouveau, et encore, par éclairs, un *travail* : celui de l'écriture, et de l'imaginaire...

Puis me vint que cette blessure, malgré la singularité des circonstances, n'en renvoyait pas moins à une expérience originaire, un peu à la manière dont une note de musique qui vous prend par surprise, et vous bouleverse, dont vous jureriez sur l'instant que vous l'entendez pour la première fois, éveille au plus secret de votre mémoire de lointains échos : il fallait donc bien qu'elle fût en vous, déjà, pour que vous l'ayez ainsi reconnue, avec cette poignante intensité, comme si votre âme tout entière s'y trouvait engagée, et c'est votre passé, dès lors, qui s'impose à vous sous un autre visage, ce chaos d'émotions, de couleurs, de sons que l'on appelle l'enfance, qui s'ordonne en lignes de chants insoupçonnés. Oui, cette note bleue qui en cet instant encore m'émeut jusqu'au tréfonds, était en moi sans que j'y prenne garde, et depuis l'origine, dans cette nostalgie qui me précipitait sur le rivage à chaque voile glissant vers le large, dans ces rêves d'ailleurs dont je peuplais la baie, dans ce tourment qui me faisait rester des heures face à l'horizon vide : l'intensité de ma présence au monde ne l'avait été qu'à proportion d'un sentiment d'exil tout aussi vif, et troublant...

Qu'est-ce donc qu'habiter un lieu ? s'interrogeait-Pierre-Jakez Hélias, dans un poème resté inédit, *L'Habitant habité*. Est-il seulement quelqu'un capable d'habiter un lieu, de le réduire à sa merci, de le dissoudre en lui – ou bien n'est-ce pas plutôt le lieu qui vous habite, s'empare de vous à mesure qu'il se révèle, vous envahit, comme un liquide qui désaltère ? À force d'arpenter les chemins de la baie, il m'arrive de croire que j'ai quelques idées sur la question. Assez en tous les cas pour savoir qu'il en est une autre, de question, qui précède celle d'Hélias, autrement plus importante, et qu'il est inutile d'aller plus avant si l'on ne s'accorde pas d'abord sur ce que l'on peut bien entendre par « lieu ». Le veut-on penser dans la plénitude close d'un « ici » ? Ou bien se déploie-t-il sur un manque, une absence, se creuse-t-il toujours, à l'extrême de notre émotion devant lui, du sentiment d'un exil essentiel, de la nostalgie d'un « ailleurs » dont il serait simplement comme le signe, l'invite – de ce manque, nécessaire, que je serais tenté de dire la *place de l'autre* ? Et n'imaginez pas que j'entreprends ici de me livrer à de coupables sévices sur des mouches innocentes : l'entrée en humanité s'inaugure toujours ainsi, d'un face-à-face avec autrui. Dans ces yeux, devant moi, il est des mondes à jamais étrangers, dans lesquels je ne pénétrerai jamais, et c'est dans cette transcendance acceptée que je découvre, en retour, ma propre transcendance, c'est ce « tu » découvert face à moi qui en somme me fait « je », c'est cette « place de l'autre » qui m'ouvre à l'humanité et peut faire d'un « espace » un « lieu » – habitable. Tout ce que rejettent bien sûr les nationalistes, et plus généralement les brutes, quand ils encensent les vertus d'un « ici » clos sur lui-même, sans manque ni absence....

Il y a un autre mystère – à moins qu'il ne s'agisse du même, sous un autre aspect. Comment se peut-il que, dans le chaos indifférencié de la matière, quelque chose puisse s'imposer à nous comme un « lieu » ? Après tout, il se pourrait que la création ne soit que tumultes, sans plus de formes ni de sens. Nous croyons voir, autour de nous, ce qui se passe, quand des monstres sans visage rampent sous nos pas, broient, déchirent, se déchirent sans que nous en ayons seulement conscience. Ce jardin dont nous goûtons la paix est un champ de bataille. Penchons-nous seulement vers ces fleurs, si belles, et chacune de leurs feuilles nous apparaît dévorée, trouée, sucée, déchiquetée par une armée de meurtriers invisibles. Chaque animal sauvage n'est d'abord que cicatrices, pustules, dans un tournoiement de fureur et d'épouvante. Observez les insectes, la monstrueuse stupidité des insectes, leur inconcevable cruauté, et vous doutez bientôt de la création – mais les humains ont-ils grand-chose à leur envier, en Bosnie et ailleurs ? Nous tâtonnons, aveugles, à la surface du monde, précipités dans un jeu cruel dont nous ne connaissons pas les règles, si tant est qu'il y en ait, guère plus que des pantins, mus par nous ne savons qui. Se peut-il que le texte de la pièce ne soit que brouhaha, bruits de fond – le vacarme d'une armée de fous analphabètes tapant chacun au hasard sur leurs claviers ? Révoltés par tant de cruauté, nous serions près de le croire, si un autre mystère ne nous arrêtait aussitôt : qu'à moins de supposer une hallucination collective, il nous semble bien reconnaître de loin en loin des fragments de ce texte, une mélodie – bref, qu'il y a ici-bas, malgré tout, quelque chose comme de la *beauté*. Et il se pourrait même que nous n'ayons que cela à opposer aux ténèbres, aux puissances du

chaos : accueillir en nous la beauté du monde, la prolonger, et peut-être même y ajouter – ce miracle par
lequel un espace indifférencié, dans le tumulte du
monde, apparaît pour chacun comme un *lieu*.

De là peut-être, de tous ces enjeux sous chaque
mot, qu'il est si difficile d'écrire sur la Bretagne, de
là, qu'elle suscite, chez les siens et ailleurs, tant
d'attachement vrai et tellement de querelles – vieille
maladie bretonne, dira-t-on, si bien connue de tous,
recuite de colère, d'amour blessé et de ressentiment,
qui veut qu'on se déchire en son nom sous le prétexte
de la défendre. Disons, pour couper court, que je n'ai
plus le goût, si jamais je l'ai eu, pour les prêches et
discours – que j'ai voulu simplement, ici, tendre un
peu l'oreille à la musique des vents, certains jours,
dans la baie de Morlaix, explorer l'énigme de cet
appel qui sans cesse me ramène à ce coin de Bretagne pour me précipiter ailleurs, à peine arrivé.

Bref, j'ai voulu dire un peu de la beauté du monde.
Et s'il arrive que des lecteurs y reconnaissent quelques-uns de leurs paysages, ou même les échos d'une
musique qui vaudrait pour la Bretagne entière, cela
ne pourra donc être que comme une grâce : par surcroît.

Je range le bois en piles, précautionneusement,
classe une fois encore mes livres, recompte crayons et
carnets comme si j'allais avoir à affronter un siège,
reprends mes marques dans mon petit bureau.
Eliane, dehors, s'active dans le jardin, taille, éclaircit,
plante cystes, bruyères, lobelias et véroniques.
Roland, du Moulin Neuf, viendra sans doute demain
semer d'herbe notre champ, vers la grève. Des
fumées montent d'un peu partout dans le ciel, l'air
sent bon la terre labourée. Depuis trois semaines la

couleur de la lumière change presque tous les jours, les haies et les bosquets de saules commencent à s'éclaircir. Je guette par la fenêtre de mon bureau la cavalcade des nuages, au large, leurs ombres qui se font la course, sur le champ labouré, en contrebas. Un trait de lumière passe sur la mer comme une vague, s'enfle à toute vitesse, submerge le rivage, les arbres du Cosquer, et disparaît. Des taches d'encre noire envahissent le ciel, puis se déchirent en nappes de lumière, le bleu du ciel prend tout à coup des couleurs incroyables. J'oublie le temps, m'engloutis dans le lent va-et-vient de la marée, plus bas, dans la baie. La mer, le matin, a des reflets de nacre, le sable vers Perrohen prend des teintes d'or roux, les lointains disparaissent dans un halo doré. La plus belle des saisons de Bretagne, assurément – après l'hiver, qui chaque jour se rapproche à mille signes presque imperceptibles. Mes prélèvements rituels de bigorneaux dans l'anse de Tréourhen me prennent de moins en moins de temps : l'annonce du froid fait remonter les pacifiques gastéropodes et les rassemble en grappes sans défense. La lune, pâle, presque transparente, prend des couleurs de liseron. Des buses tournoient dans le ciel, au-dessus de la haie de sureaux, d'ormes et de frênes. Un faucon crécerelle s'offre une longue séance de sur-place au-dessus du champ, plonge comme une pierre et repart d'un battement d'ailes lourd, un mulot entre ses serres : époque difficile pour les rongeurs, exposés à l'œil aigu des rapaces...

Malgré les conseils d'Antoine Pouliquen, mon ami, je ne me résigne pas à remonter au sec mon *Nostromo*. Demain, oui, mais aujourd'hui il y a dans les îles un silence, des eaux lisses, une lumière à crier de bonheur. La période de nidification achevée, je vais pouvoir enfin longer l'île aux Dames, le Beg Lemm et Ricard, me laisser glisser dans les champs de sargasse, jeter l'ancre dans des criques aux eaux de cristal. Par quelle aberration décrit-on l'hiver comme le temps de l'ennui, des jours gris, des heures sans fin, des murailles de pluie ? La pluie, qui ne dure jamais, vite chassée par le vent, est ici une promesse : de cieux déchirés, de traînes superbes, de rais de lumière à vous damner. Et l'hiver est d'abord le temps de la clarté. Les sentiers encombrés de ronces, envahis par l'exubérance de l'été, se dégagent, les haies s'éclaircissent et les bosquets de saules, tout ce que l'été dissimule sous sa profusion se trouve exposé au grand jour, la nature, nettoyée, laisse voir son squelette, le ciel, dirait-on s'agrandit, le paysage s'allège, s'aiguise, jusqu'à devenir pur poème de vent et de lumière...

Au dehors grand ouvert répond le nid douillet de la maison, le feu qui brûle clair dans la cheminée. Temps des amis, des histoires racontées à mi-voix dans la pénombre, des flammes qui rougeoient sur des verres où s'apaisent des liqueurs ambrées qui ont nom Talisker, Lagavulin, Caol Ila... Cette petite maison de Trostériou, nous l'avons achetée il y a trois ans sur un coup de cœur – une maison de pêcheur, très simple, aux murs de pierres blondes, enfouie dans les hortensias bleus, qui donnait à l'arrière sur un grand champ, et la baie tout entière, jusqu'à Batz, et le large... Une merveille. Jean-Yves Jaouen, de Plouigneau, nous l'a restaurée à l'ancienne, avec un amour au moins égal au nôtre. Et il nous est un peu plus difficile à chaque séjour de partir, et retrouver notre autre maison, si belle qu'elle soit, près de Rennes.

Il m'a fallu quelques semaines pourtant, avant de retrouver mes marques, et me réapproprier « ma » baie : étonnant comme un simple changement d'angle modifie la vue, bouleverse les repères, oblige à de nouvelles découvertes. Cette fois, c'est décidé : nous resterons le plus longtemps possible : pourquoi pas tout l'hiver ? Des amis s'inquiètent : tant de choses m'attendent, à Rennes, à Saint-Malo, à Paris ! Et ce texte promis, d'un deuxième volume de la biographie de Stevenson ? Justement : j'ai besoin d'une pause. Écrire une biographie est une manière de se lire, aussi, à travers un autre, et cette aventure, au fil des ans, m'aura mené très loin – jusqu'à la nécessité de ce retour. Mais enfin, s'étonne un ami, qu'as-tu en tête d'écrire ? J'hésite. Comment lui faire sentir ce qui, pour l'heure, me paraît la seule chose importante ? Je risque : « Oh ! rien. Juste le bruit du vent, dans la baie de Morlaix. »

J'aurais aussi bien pu dire : « Toute la beauté du monde. » Je ne suis pas certain qu'il ait compris.

Ils sont tous là, maintenant, les oiseaux de l'hiver, qui s'agitent sur le poulier de Kernéléhen, prennent leurs marques dans la vasière, en contrebas, et c'est comme s'ils gardaient, dans leurs lourds battements d'ailes, l'haleine froide encore des grands vents de l'Arctique. Pluviers argentés arrivés harassés des lointaines toundras, bernaches cravants venues de la presqu'île de Taïmir, Sibérie, quel instinct les ramène chaque année, avec une précision infaillible, en ce petit coin de baie ? Enfant, je guettais l'arrivée des oiseaux du froid comme une promesse de rejoindre quelque jour mes royaumes. Moi aussi, j'étais de ces plaines rases et rousses, griffées de buissons maigres, de ce « barren » stérile, sous un ciel de granit, où James-Oliver Curwood rêva son géant Bram Johnson, qui tissait des cheveux d'or avec le vent – et sa voix, portée par la tempête, couvrait les clameurs de sa horde de loups... Les oiseaux du froid ! Les icebergs, un jour, arriveraient à leur suite, et les loups, et les ours envahiraient la baie. Ou bien, le printemps revenu, ils m'emporteraient sous leurs ailes, nouveau Nils Holgersson – me ramèneraient chez moi...

Je descends par le chemin de Kernéléhen, vers les buissons d'herbe rêches, en bordure de la vasière. Ils sont là de nouveau, plus nombreux que jamais. Et je guette toujours l'arrivée des icebergs.

La plupart des nicheurs de la baie, eux, s'en sont depuis longtemps allés vers des cieux plus cléments – comme les sternes de Dougall, parties se chauffer les plumes sur les côtes africaines. C'est le temps que mettent à profit Ewenn de Kergariou et Michel Querné, responsables de la réserve ornithologique de la baie de Morlaix, pour préparer le retour de leurs capricieux pensionnaires. Entretien des panneaux, pose de nichoirs pour les sternes, les cormorans huppés et les tadornes de Belon, réparation des terriers à macareux : le travail ne manque pas ! Vif, si léger qu'un souffle, dirait-on, pourrait l'emporter, Ewenn de Kergariou est un homme du vent. Champion de France sur Mousse, en sa jeunesse, aujourd'hui voilier, près du pont de la Corde, il consacre l'essentiel de sa vie aux oiseaux de la baie. La situation était catastrophique quand il a pris en main les destinées de la réserve. Non pas tant par la faute de vacanciers inconscients, d'ailleurs, que du fait des goélands qui avaient envahi toutes les îles, massacrant les sternes et les macareux, faisant le vide autour d'eux. Depuis, c'est la guerre. Destruction des œufs des prédateurs, appâts empoisonnés : c'est ainsi que sont revenus, au fil des ans, canards colverts, sternes pierregarins,

Caugek et Dougall, tadornes de Belon, cormorans, aigrettes garzettes. La plus grande fierté d'Ewenn, ce sont « ses » sternes de Dougall, plus de cent couples, la seule colonie connue en France, qu'il protège avec des soins jaloux. Des rats. Des renards. D'un vison d'Amérique, une année, qui lui en a tué une soixantaine. D'un faucon pèlerin, fin juin, qui a fait un carnage, pendant quinze jours, avant de s'en aller. Et, surtout, des goélands. Ses bêtes noires. À commencer par le goéland marin. Soixante-quinze centimètres de longueur, un mètre soixante-dix d'envergure. Un seigneur. Solitaire, rusé, impitoyable : un tueur. Qui déchiquette vivantes les sternes, jeunes comme adultes. Et ruinera la réserve si on le laisse faire. Depuis quelque temps, le combat a changé de visage. Viande, sardines, et même cadavres de sternes empoisonnées : rien n'y fait. Les goélands ne se laissent plus abuser. Et ils ont reconnu en Ewenn leur ennemi. Impassibles quand passe un autre bateau, il suffit que la Caravelle de la réserve apparaisse pour que les goélands se rangent en ordre de bataille, sous la conduite d'un vieux dur à cuire de l'île aux Dames, qui le défierait presque. Et s'il se mêle aux bassiers, par grande marée, aussitôt convergent des goélands, qui tournoient au-dessus de lui, en criant. Les verrat-on l'année prochaine l'attaquer en piqué, pour un « remake » des *Oiseaux* ?

Voilà des semaines, maintenant, que j'explore le fond de la baie de Térénez, m'absorbe dans la contemplation du jeu de la marée depuis le poulier de Kernéléhen, me perds dans ses slikkes de sables, de graviers et de salicornes, sa vasière striée de chenaux, ses prairies d'herbes rêches grouillantes de plancton, ses herbiers où frissonnent la lavande et l'obione argentée...

Le vent siffle dans les joncs, une odeur lourde monte autour de moi. Un cri doux, guttural, me fait sursauter : l'appel, insistant, des bernaches cravants dans un champ d'algues vertes. Un pas encore, et elles s'envolent, pesantes, dans un fracas qui longuement résonne. Des dizaines, des centaines de bernaches, d'un noir de suie, des harles huppés, des canards colverts, des tadornes, des pluviers, des huîtriers-pies, des hérons cendrés, des aigrettes, dans un seul et interminable froissement d'ailes.

Je reste là, longtemps. Oui, ce peut être cela, aussi, le monde, avec ce ciel immense et bleu au-dessus de soi...

2

– En ce temps-là, sûr, c'étaient des durs...

Le jet de jus de chique avait atterri sur les braises, en sifflant. Un instant, la flamme de la cheminée avait éclairé son visage. Quand Fanch Le Floch commençait une histoire, tout le monde se taisait, dans la cambuse des Bléas. Il y avait là Jean Scornet, si je m'en souviens bien, toujours en cuissardes, Marcel Boubennec, Victor Tudal, qui n'avait pas hésité à traverser la Manche sur sa coquille de noix pour répondre à l'appel de De Gaulle, Jean, son frère, et quelques autres qui avaient rudement roulé leur bosse, et laissé quelques dents sur les tables des bars entre Reykjavik et Valparaiso. Mais le père Floch, c'était autre chose : il avait tracé sa route sur bien des océans, à la barre des grands yachts, et essuyé plus de coups de tabac que tous ces gaillards réunis. Et puis, sacré bon sang, il savait raconter une histoire...

– Faut dire que pêcher la baleine sur les côtes du Chili, c'était pas pour les mauviettes...

Dehors, le vent aboyait comme meute de chiens galeux. Une bourrasque, brutale, avait secoué les volets. Sale temps, ce soir, sur la Manche ! Et Fanch nous avait dit alors le Horn, les quarantièmes rugissants, le ciel de granit sur une mer de fin du monde, les brouillards – et puis, surtout, le froid, les cordes gelées qui vous sciaient les mains, les doigts si gourds que les gars se les tranchaient en même temps que la chair des baleines, sans même s'en apercevoir... Mais Job Salaün –, pourtant un foutu teigneux de Léonard, et même un Léonard de Roscoff ! –, Job Salaün, lui, ne craignait ni Dieu ni diable – enfin si, un peu le diable, quand même, des fois... Des épaules comme des enclumes et des mains, des mains...

– Quand y te donnait une tape sur l'épaule, ah-ah, t'avais plus qu'à aller chercher ton dentier sous la table !

Et le bosco n'avait pas intérêt à venir lui chercher noise, nom de Dieu ! Même le capitaine préférait tirer au large, quand Job piquait une colère. Mais le meilleur harponneur de la côte, sûr, avec Marc Cazoulat, du Diben, et un gars réglo. Pas un mauvais bougre, quoi, mais fallait pas venir l'emmerder.

Après ce préambule, histoire de bien avoir les gaillards à sa main, le père Floch avait un peu souqué sur la drisse, comme il disait, puis, avec un claquement de langue appréciateur :

– Cette année-là... Oh, c'était juste avant guerre, je crois bien. Cette année-là, on avait eu un temps de chien. Et la pire des campagnes de pêche. Tempête sur Terre-Neuve. Tempêtes sur le Chili. Un froid qui te serrait comme un étau, se faufilait partout, jusqu'au fond de tes os. Mer de chien et cales vides ! À croire que ces foutues baleines avaient disparu pour toujours.

Réfugié dans un coin de la pièce, je buvais ses paroles, bouche bée. Et j'aurais juré que l'espace s'agrandissait, dehors, jusqu'au Chili, que quelque chose venait, porté par le vent, depuis le fond de l'horizon. Les plus coriaces avaient sursauté quand un coup de vent brutal avait cogné à la porte.

– Ça, ils n'auraient jamais dû... Mais quand on n'a pas de pêche, hein ? Un sale coup de vent s'annonçait, la mer était déjà dure, mais... « Baleines en vue ! » Ils avaient mis les canots à la mer, et Job était le plus ardent, qui jurait comme un mécréant. Les gars étaient rentrés presque aussitôt, affolés : Job Salaün manquait à l'appel. Ses rameurs claquaient des dents au fond d'un autre canot. Une baleine les avait pris par le travers, fait valser dans les airs, ils avaient eu le temps de voir Job accroché à son harpon, le canot qui filait, et puis plus rien. Un miracle, déjà, s'ils avaient été repêchés ! Parce que dans ces eaux-là, hein, vous teniez pas cinq minutes, en principe ! Mais pas de Job Salaün...

» Ça ! Ils l'ont cherché. Mais dans la nuit noire... La tempête arrivait. Et puis après... Ils l'ont cherché. Mais ils savaient tous, déjà, que c'était sans espoir. Et que ça allait faire une famille de plus dans la misère, à Roscoff. Pourtant, ils cherchaient toujours. Job Salaün ! Non, ce n'était pas possible. Un gars, des fois, se réveillait en pleine nuit, le vent hurlait comme un concert de démons. « Vous entendez, les gars ? C'est Job qui appelle, là, dehors ! » Mais non, ce n'était que le vent... Il y a des campagnes, comme ça, qui sont marquées par le guignon, et rien ni personne n'y peut rien changer. Mais ça ne parlait pas beaucoup, croyez-moi, au retour...

Le père Floch avait fait une pause. Comme s'il écoutait quelque chose, au-dehors. La patronne lui avait refait le plein, juste un peu plus haut que le rebord du verre, comme il se doit, en un discret arrondi.

– Job Salaün ! Ça avait fichu un sacré coup au

moral, à Roscoff. Personne n'arrivait à y croire. « Porté disparu », oui, mais... on attendait. Et puis il avait bien fallu s'y faire. Un service avait été prévu, à l'église. Tout le pays était là. Les gars sur leur trente et un, les femmes en noir, qui pleuraient. Même le prêtre avait la gorge serrée. Et juste au moment où l'office allait commencer, voilà un gamin qui arrive en courant dans l'église. Le petit Sibiril, je crois bien.

» – Job! Il est là! Job! Il est rentré! À la rame!

» Tout le monde s'était signé. Son père avait étalé le mioche sur le carreau d'une bonne gifle. Mais le gamin :

» – Nom de Dieu! Merde! Puisque je vous dis qu'il est arrivé!

» Un Léonard dire nom de Dieu, et en plus dans une église... Il devait se passer quelque chose. Toute la foule avait couru au port. Job était là. Dans son canot. À la rame, depuis le Chili! Il tenait plus debout. À force d'être mouillés, ses pieds étaient tout gonflés, vous comprenez? Mais alors, il était dans une de ces colères : « Si jamais je mets la main sur ces salopards qui n'ont pas attendu... »

» À la rame, les gars! Sûr, c'étaient des durs, en ce temps-là...

– Qu'est-ce qu'il est devenu?

– Oh, il est mort deux ans après. Il avait fait le pari avec un gars d'avaler une andouille de Guémené entière et... il s'est étouffé.

Long silence pensif, dans la salle. Il y avait là Jean Scornet, Marcel Boubennec, les Tudal et quelques autres, mais personne ne disait mot, quand Fanch Le Floch commençait une histoire...

Voilà ce que racontait un vieux marin, un soir d'hiver, dans les années cinquante, au café Bléas de Térénez. Voilà le genre d'histoires dans lequel j'ai baigné toute mon enfance. Étonnez-vous, après, si nous rêvons un peu, parfois, en regardant la mer !

Caché sous ma couverture, la nuit, je lisais à l'époque *Seul à travers l'Atlantique* d'Alain Gerbault (« De l'eau, de l'eau partout autour de moi, mais rien, rien à boire ») dans la précieuse Bibliothèque Verte, aussi le récit du père Floch me transporta-t-il d'enthousiasme. Ça, au moins, c'était un Breton ! Si j'avais osé, je lui aurais bien posé quelques questions, comment il avait fait pour s'alimenter, tout ce temps, Salaün, mais n'allais-je pas passer pour un pisse-vinaigre ? Les marins présents n'avaient pas eu l'air de s'étonner. Et quelque chose me disait que le père Floch aurait trouvé à la seconde une réponse imparable...

— Bon Dieu, c'était des durs, en ce temps-là, tu peux pas imaginer...

J'aime toujours les histoires qui commencent ainsi. Antoine Pouliquen, laissant sa librairie à la clémence des pillards de passage, m'entraîne au *Ti Coz*, dans la venelle au Beurre. Les chantiers Rio essaient de résoudre un délicat problème d'électrolyse sur la quille de son *Merdic V*, un superbe « Mirage » de huit mètres en aluminium, qu'il a équipé pour la croisière : le temps de maîtriser les mystères de son GPS, et à nous les îles Anglo-Normandes, l'année prochaine, et l'Angleterre ! La conversation roule sur Térénez, où mon *Nostromo* passe l'hiver. Les « durs », ce sont bien sûr les Noan, famille légendaire aux non moins légendaires bateaux noirs, entreprenants, durs au mal à un point qui dépasse l'imagination.

— Tu connais l'histoire du père Noan, revenu du Chili à la rame ?

Tiens donc. Je dresse l'oreille. Quarante années après, je n'ai rien oublié. Aussi je laisse venir.

– Tout le monde a cru qu'il avait remonté depuis là-bas à la rame. En fait, non... Il était *parti* à la rame, un jour. Ça oui. Mais de Térénez. Relever un trémail, ou des casiers, dans la baie. Et puis voilà que la brume se lève, mais alors une brume... à pas voir le bout de ses rames. Tu sais comment c'est, dans ces cas-là. Bref, au lieu de rentrer à Térénez, il s'est retrouvé au large, perdu, sans compas, et en plus emporté par un coup de vent.

Les lascars agrippés à leur Coreff, au bar, ne perdent pas une miette de l'histoire.

– Tu imagines le drame, à Térénez ! Perdu corps et biens... Et pas la moindre trace du canot, pas le moindre bordé recraché à la côte. Un mystère. Mais il a bien fallu se rendre à l'évidence. Le père Noan avait péri en mer. Après des semaines d'effervescence, Térénez s'était replié sur lui-même, la vie essayait de reprendre son cours, mais le cœur n'y était plus. Jusqu'au jour où un gamin qui pêchait des « gobies » à la pointe est arrivé en hurlant. Hervé Noan, qui rentrait à la rame ! Et encore, en souquant ferme ! En un clin d'œil tout Térénez était là, sur la jetée. Et sa femme, pour l'accueillir d'un :

– Mah ! Où tu étais passé, tout ce temps-là ?

– Ben, au Chili...

» C'étaient des durs tous les deux. Pas du genre à étaler leurs sentiments en public. Première femme inscrit maritime de France, elle avait navigué avec son Hervé comme pilote dans la baie. Et puis, quand Hervé était passé en Angleterre, pendant la guerre, elle avait continué, seule. Dure au mal ? Ce n'est rien de le dire ! Une fois, elle a accouché dans la grève de Pen an Dour, en ramassant des palourdes, et elle est remontée chez elle, à la fin de la marée, en portant le nouveau-né dans son sarrau noir... Alors si Hervé disait le Chili, eh bien, c'était le Chili !

» Bref, c'est comme ça qu'est née la légende. En fait, il a été sauvé par un cargo britannique, qui allait livrer du charbon là-bas. Pas le temps de se dérouter, tu penses ! Ils l'ont pris avec eux, canot et tout. Et ils l'ont juste remis à la mer, au large de l'île de Batz, au retour. Mais tu imagines, un peu ? Le gars, qui s'en va un matin relever ses casiers à la rame, et qui revient deux mois plus tard, après un petit tour au Chili ?

Un de nos auditeurs s'étrangle en avalant sa Coreff, hurle de rire. C'est comme ça que nous sommes, parfois, dans ce coin de Bretagne : façonnés sur l'enclume du rivage par le vent et les vagues : « potred kallet an Arvor » !

Je risque prudemment :

– Ça ne serait pas un Salaün ?

Antoine lève les yeux, surpris :

– Salaün ? Mais non, Noan. Hervé Le Noan. Tout le monde sait ça !

Pas moi. Vous me direz qu'il suffirait d'un saut à Térénez pour en avoir le cœur net. C'est précisément ce dont je me garderai. Comme je me garderai bien de vérifier l'épisode du sarrau noir. Parce que je crains trop la réponse. Et puis, à quoi bon ? Les histoires sont toujours vraies, mais d'une autre manière. Surtout lorsqu'elles restent vivantes plus de quarante années.

Oui, nous étions comme ça, à Térénez. La tête assez dure et le cœur assez large pour revenir du Chili à la rame. Et de ne pas en faire tout un plat pour autant.

Si je prenais à droite, au sortir de Tréourhen, et coupais à travers champs, j'arrivais en deux minutes à

Ti Louzou, chez les Deuff, et au petit hameau de Saint-Samson. Un monde de paysans, fiers de l'être, et attachés à leur culture. Sans doute y avait-il quelques bateaux à l'ancre, dans l'anse de Ti Louzou, le chalutier d'Yffic Prigent, le cotre de François Hervé, mais Yffic était d'abord un paysan, qui cultivait ses champs le jour et chalutait la nuit – il devait être Léonard, ce n'était pas explicable autrement –, quant à François, le seul vrai marin pêcheur, qui pratiquait son art à une cadence, disons, plus accordée à ses rythmes biologiques, qu'il avait lents, il passait simplement pour un original : tout, à Saint-Samson, se tournait vers la terre. Pas d'électricité (elle fut installée en 1954), pas d'eau courante, et aucune route goudronnée : je me rends mieux compte, aujourd'hui qu'il n'est plus, à quel point ce monde était déjà d'une autre époque...

Mais il me suffisait de prendre l'étroit sentier côtier, sur la gauche, pour pénétrer dans un autre univers. J'enjambais les douaniers, occupés derrière le *landec* à leur tâche de surveillance – puisque c'est ainsi qu'ils appelaient, je crois, la sieste qu'ils s'accordaient près de chez moi, à l'abri d'un talus –, dévalais la courte descente vers Pen an Dour, enfouie dans les fleurs au bord d'une rivière qui se jetait à la mer dans une cascade de rires clairs, et en trois pas arrivais au petit port de Térénez. Une forêt de mâts se balançaient au rythme du clapot, les coques étincelaient sous le soleil. Le chalutier des Noan arrivait, dans des gerbes d'écume, Jean Scornet déchargeait des huîtres dans ses bassins... « Forêt » paraîtra sans doute exagéré aux habitués du lieu, mais j'étais un enfant, les yeux écarquillés, qui pénétrait sur la pointe des pieds dans un lieu de merveilles, de promesses de partance, d'aventures prodigieuses. Le « grand » port de pêche était le Diben, à cinq kilomètres de là, mais je ne m'y rendais que rarement, à pied, par le Guerzit et le bois de pins, généralement pour essayer un pantalon chez la couturière de Milaudren, laquelle ne partageait pas mes parti pris esthétiques, et je remuais du coup des pensées trop amères pour goûter pleinement la splendeur du paysage, l'animation fébrile autour des viviers des Oulhen, le va-et-vient des charpentiers aux chantiers Rolland, ou la silhouette orgueilleuse, au fond de la baie, du manoir de Tromelin. Non, mon port à moi était Térénez, pour lequel j'aurais donné tous les Diben du monde.

Le promeneur, aujourd'hui, ne peut imaginer ce qu'était le charme de Térénez, dans les années cinquante. Les petites maisons blanchies à la chaux, côté Pen an Dour, qui donnaient directement sur la grève, l'étroit « tombolo » que la mer coupait de la terre ferme aux marées d'équinoxe – mais surtout l'atmosphère d'insouciante liberté, mêlant marins et vacanciers, qui faisait paraître chaque heure passée au port plus riche, plus heureuse que nulle part ailleurs. La colonie de peintres installés à Térénez après la guerre, dans ce qu'ils avaient aussitôt appelé la « rue de Paris », n'était peut-être pas étrangère à cette douce euphorie, à cet esprit de bohème en lequel chacun se retrouvait si volontiers. Ont-ils laissé une marque dans l'histoire de la peinture, les Foulet, Perroud, Gruslain, Bonnerot, Théréné, Legros, qui conjuguaient si agréablement le travail sur le motif et les plaisirs de la mer ? Ce que j'ai pu voir d'eux, ici et là, ne me paraît pas sans mérite – et je n'aurais garde d'oublier Longuet, célèbre, disait-on, en Tchécoslovaquie, parce qu'il était un des derniers descendants de Karl Marx. Ils étaient tous des marins accomplis, des bassiers émérites, et ils savaient tenir la toile devant les redoutables assoiffés de l'épicerie-bar Bléas. D'aimables lascars, aussi, qui à l'initiative de Bonnerot, je crois, avaient imaginé rien moins que d'installer un camp de nudistes sur l'île Stérec, à un mille à peine dans la baie – quelques vestiges demeurent, sur la face ouest de l'île, de la maison qu'ils rêvèrent de construire. Un camp de nudistes ! En Bretagne-Nord, dans les années cinquante ! En tout autre lieu qu'à Térénez ils auraient été chassés à coups de fourche. Mais c'était Térénez, un repaire de marins qui en avaient vu d'autre. Et tout ce petit monde s'entendait on ne peut mieux. Les régates de la mi-juillet voyaient Térénez, marins-pêcheurs et plaisanciers unis, accueillir pendant trois jours et affronter les autres bateaux de la baie, leurs gamins mêlés disputer les courses en sac pendant que les parents s'expliquaient à la godille, et le clou du spectacle était toujours la course « open », à voile et à moteur, qui voyait à tous coups triompher les Noan – lesquels étaient parmi les fondateurs de la Société des régates. À qui, d'ailleurs, serait-il venu l'idée de distinguer ici entre touristes et autochtones ? Ils étaient simplement de Térénez. Qui formait un monde à part. Et j'avais le sentiment, tandis que j'allais et venais entre Saint-Samson et Térénez, que ce n'était pas un simple kilomètre qui séparait les deux hameaux, mais un siècle, au moins...

Un autre monde. D'autres histoires. Où passaient des mots comme des appels, Kerguelen, Mascareignes, Terre de Feu, Labrador, qui vous déchiraient l'âme. D'autres hommes, aussi, aux faciès rouge brique, tannés, brûlés par le sel et le vent, qui parlaient fort, buvaient raide et s'avançaient vers vous en roulant des épaules. Des seigneurs, pour tous les gamins qui les suivaient des yeux, quand ils jetaient leur butin sur le quai, et l'on aurait dit que quelque chose encore de l'écume des vagues entrait avec eux dans la pièce, quand ils poussaient la porte du café Bléas – mais de parfaits cabots, aussi, ou, si l'on préfère, des personnages trop grands pour la terre ferme, qui s'entendaient à faire de ce minuscule village un théâtre en perpétuelle représentation. Il est vrai que les maisons s'y entassaient, serrées les unes contre les autres, dans un fouillis propice à toutes les querelles de voisinage, qu'une consommation vertigineuse de *Sénéclauze* portait au paroxysme, dans des scènes dignes de l'antique, fort heureusement suivies de réconciliations exaltées, prétextes à de nouvelles libations. À quels records la consommation vinicole a-t-elle pu être portée, en ces années de feu ? Ce n'était pas un port, c'était un puits sans fond, un Sahara, que les marchands en vins et spiritueux de Plougasnou s'épuisaient, non sans quelque allégresse intérieure, mais en vain, à remplir. « En ce temps-là, les gars... » Le père Floch claquait la langue, Marguerite lui servait une rasade, et tout recommençait, Térénez tanguait dans la nuit qui venait.

Le père Floch ! Le plus fin barreur du port, assurément, d'une réputation si grande parmi les propriétaires de yachts de Bretagne qu'il pouvait exiger d'eux, garanti par contrat, à chaque engagement, un approvisionnement suffisant en vin rouge. Une légende vivante, presque un mythe, depuis qu'il avait remonté un yacht de Casablanca à Morlaix « dans un état d'ébriété qui ne s'était jamais démenti », ainsi que l'avaient confié les propriétaires, un peu pâles, à leur arrivée. S'était-il seulement aperçu du furieux coup de tabac qu'il avait essuyé dans le golfe de Gascogne ? Il faut croire néanmoins qu'il avait gardé un soupçon de lucidité car, réalisant soudain que les réserves s'épuisaient, il s'était dérouté sur La Rochelle, avant de repartir de plus belle. Son arrivée dans la baie de Morlaix était restée dans les annales. Une brume à ne pas voir son pouce au bout de son bras. Les passagers, épouvantés, voyaient des rochers surgir du néant à quelques centimètres de la coque, mais Fanch Le Floch, superbement, hyperbolique-ment saoul, s'était engouffré comme une balle dans le chenal invisible au milieu des récifs, puis dans les méandres, heureusement insoupçonnés par l'équi-page, de la rivière, pour s'amarrer au quai de Tré-guier, mission remplie. Le voyage ? « Impeccable ! Beau temps tout du long. » Mais, Fanch, la brume... « La brume ? Quelle brume ? »

Peu sensible à ses théories sur la navigation en état second, sa digne épouse s'obstinait à vouloir son salut. Et le lascar de Fanch, bouclé dans sa chambre, à l'étage, entamait alors une guerre psychologique impitoyable, en prenant à témoin de ses infortunes la foule en contrebas. « Bon Dieu ! Ouvre-moi cette porte ! J'ai le droit de pisser, tout de même ! Ah, tu ne veux pas ? Bon, tu l'as voulu ! » Et Fanch, impé-rial, de se soulager par la fenêtre, sous les vivats...

C'était Fanch Le Floch, marin entre les marins. Dont René Le Clech m'assure qu'il avait fini par tresser une cordelette, avec de la ficelle d'emballage, qui lui permettait de s'éclipser discrètement, vers les cafés de Pen ar C'hra et de Kerbabu. Il y en avait bien d'autres, aussi hauts en couleur, et aussi rudes gosiers. Victor Tudal, déjà évoqué, à qui le récit, sol-licité de bar en bar, de son départ pour l'Angleterre, à l'appel de De Gaulle, devait être fatal. Jean, son frère, au cœur vaste comme le monde, coulé trois fois

aux Dardanelles et à chaque fois sauvé, il se demandait bien comment, vu qu'il ne savait pas nager, mais
il est vrai qu'il n'avait pas les idées très claires, alors,
suite à un petit concours de lever de coude avec les
copains –, il avait fini par imaginer qu'il devait la vie
aux oursins. Aux oursins ? « Ben, y en avait plein,
dans le fond. Alors, ils me piquaient tellement fort
que moi je remontais en criant. Non, je vois pas
d'autre explication... » Il y avait François Postic,
cubique à force d'empiler ses muscles les uns par-
dessus les autres, qui fut un temps le marin du châte-
lain du Cosquer, Monsieur May, sur le *Martin-
Pêcheur* – jusqu'à ce que ce dernier le prie de faire
participer son bateau aux régates de Térénez. Participer, pour François – dont la devise était « toujours
à bloc ! » –, cela signifiait gagner, c'est-à-dire battre
les Noan, et le *Martin-Pêcheur*, au moteur bourré
d'éther jusqu'à la gueule, était parti comme une
fusée... pour rentrer bon dernier, à la voile, et le
moteur cassé. Les relations entre les deux hommes,
par la suite, s'étaient quelque peu distendues. Il y
avait Marcel Boubennec :

« Marcel ! Qu'est-ce que tu as ? Tu t'es blessé ?
– Ben, je sortais tranquillement du bistrot, quand
Jopic m'a marché sur la main... »

Des personnages de roman, dont nous suivions les
aventures, les yeux écarquillés. Et les figures tuté-
laires, à n'en pas douter, du « Térénez Torch Team »
qui, bien des années plus tard, devait susciter quelque
émoi sur toutes les aires de régates de France et
d'Europe – nouvelle page écrite par ses enfants, à
leur manière, à la légende de Térénez.

Je buvais leurs paroles, m'enivrais de leurs contes.
Un jour, nous étions venus du fond de l'horizon, sur
des auges de pierre, et nous étions très bons...

« Comment, tu ne sais pas l'histoire des Léonards qui ont découvert le Brésil ? »

« Et Coëtanlem, qui a découvert l'Amérique avant Christophe Colomb, c'était un gars d'ici, garanti ! Même qu'il a fini amiral des Portugais. »

« Un jour je te dirai l'histoire de Brossard, de Morlaix, devenu maharadjah aux Indes. »

« Sûr, que c'était un rude gars, Cornic – et son neveu, donc, qui a coulé au large de Timor, avec ses cales pleines d'or ! »

Je traînais sur le port. Le vent jouait dans les haubans, les bateaux tiraient sur leurs corps-morts comme s'ils m'invitaient au voyage. Ou bien je sautais de rocher en rocher, vers le Fort, en suivant du regard les cargos qui sortaient de la baie de Morlaix, et l'horizon, là-bas, m'était comme une brûlure... « La mer misère, mon gars, surtout ne te laisse jamais prendre ! » soupirait tout à coup le père Floch, comme s'il s'inquiétait des folles idées qu'il m'avait mises en tête, et les autres loups de mer opinaient gravement. Sur elle, à les en croire, ils n'avaient jamais connu que souffrances et malheurs. Oui, certes – mais pourquoi, dans ce cas, à l'heure de la retraite, le sac jeté à terre, restaient-ils là, des heures durant, assis sur la jetée, face à l'horizon vide ? Ils en avaient trop dit, ou alors pas assez, pour que je les croie vraiment. Leurs dos, enfoncés dans leurs grosses vareuses, étaient autant de portes fermées sur cette terre qu'ils ne savaient plus habiter, et je devinais trop, dans leurs regards pâles, comme lessivés d'embruns, l'écho de cette fièvre, de ces élans qui me jetaient par les chemins, le long des grèves. « Avec Kerguelen, oui, qu'il est allé, dans les mers australes, et il s'appelait Trogoff – Honoré de Trogoff, de Plougasnou, garanti ! » Je serrais les poings d'envie. Un jour, oui, un jour moi aussi je m'en irai !

Se pouvait-il qu'un lieu, une configuration parti-
culière de rochers et de vagues, la musique du vent,
telle rumeur singulière de la mer, un climat puissent
façonner, siècle après siècle, indifférents aux modes,
aux péripéties de l'Histoire, ce même type d'hommes
– les mêmes rêves ? Dans un livre plaisant, même s'il
n'a pas l'originalité qu'on lui prête, simple applica-
tion à la notion de rivage de réflexions sur « l'inven-
tion du paysage » déjà bien explorées, Alain Corbin
fait se succéder à travers les âges de grands blocs
d'idées, d'images, de représentations – ainsi l'âge
classique serait celui d'une répulsion, inspirée de la
Bible, face « aux paysages marins et aux êtres qui les
peuplent », tandis que le romantisme ferait du rivage
un lieu privilégié de la découverte de soi. À chaque
époque, dont la nôtre, ses systèmes de représentation, dans lesquels nous serions inéluctablement pris.
Le succès de l'idée tient à son simplisme. Il serait en
effet aisé de montrer que ces systèmes de représentation coexistent, au fil de l'Histoire, mais dans des rapports d'opposition complexes, et ce sont ces équi-
libres instables, ces tensions, ces rapports de forces
qui caractérisent une époque – ainsi le romantisme
ne se déploie pas dans le refoulement de la représentation dite « classique » de la mer : il l'inclut d'une
manière singulière. La vision hugolienne de l'océan
tire sa puissance de fascination de ce qu'elle télé-
scope en une image unique deux conceptions appa-
remment contradictoires. Mais là n'est pas l'essentiel : ce qui m'irrite, pour l'heure, est que la vision
d'Alain Corbin est celle, extérieure, du touriste,
simple « spectateur » du rivage. Pour lui aussi, le
rivage est « le lieu de la découverte anxieuse de la
surprenante réalité des êtres qui le peuplent » – si

surprenante, d'ailleurs, qu'il ne l'évoque jamais. Sont-ils seulement des êtres, pour lui, tous ces gens, ou les éléments d'un décor, à l'instar des rochers, des poissons et des arbres ? Les émois de Mme de Sévigné à sa première trempette peuvent m'intéresser, s'ils sont bien écrits, mais moins que les pensées des miens – puisque je suis de ce rivage, moi aussi, et participe à la « surprenante réalité » qui troublait les belles âmes...

Étaient-ils pris dans l'épistémê classique, les images judéo-chrétiennes du Déluge et de la Géhenne, saisis d'horreur devant la mer et ses horizons vides, ceux des miens, chassés de Grande-Bretagne par les Danois et les Saxons, qui se risquèrent sur la mer, avec leurs prêtres, leurs saints et leurs reliques, pour peupler l'Armorique ? Et ces autres, plus tard, depuis cette baie où je suis né, qui lancèrent leurs nefs sur les mers inconnues, vers les Terres Neuves ou le Brésil – puis ceux qui, des richesses ramenées des lointains, firent ce poème de pierre, de châteaux, d'églises, de calvaires, qui nous émeut encore ? Car ils avaient une âme, et des rêves, et ont laissé des traces, récits, chants, textes, pour qui les veut bien lire...

Il est vrai que leur histoire n'était pas celle que l'on nous enseignait à l'école. Là, l'histoire était de France, de sa glorieuse création, au fil des siècles, et de la manière dont elle nous avait, par la grâce de l'État souverain, puis de la Révolution, arrachés aux ténèbres de la barbarie pour nous baigner enfin dans les lumières de la Raison. L'extermination de notre culture, folklorisée de part en part, l'extinction de notre langue, les sabots passés au cou des gamins, pour un mot de breton prononcé, n'étaient que les étapes obligées de notre délivrance. Faut-il dès lors

s'étonner si longtemps je crus ce trouble en moi, qui
me ramenait sans cesse vers la grève, ce tourment de
l'âme qui me faisait rêver des heures durant face à
l'horizon vide, des maladies – partagées tout au plus
par quelques piliers de bar, au port de Térénez?
Privé d'histoire, je peuplais la baie de mes chimères,
j'inventais des légendes. Des icebergs se dressaient
telles des cathédrales de verre à la proue des navires,
les loups hurlaient dans les hauts du Cosquer, l'île
Stérec, bien sûr, était l'île au Trésor, et Bass Rock le
Taureau où j'allais délivrer le captif Alan Breck.
« Un jour, nous étions venus sur des arches de pierre,
du fond de l'horizon, et nous étions très bons... »

Mais il y avait le vent, et des paroles de pierre, partout autour de moi. Le Taureau, massif, au milieu de
la baie, qui suggérait un passé formidable, des
escadres ennemies affrontant ses canons. Les croix de
pierre, sur le bord des chemins, les châteaux, les
manoirs à demi écroulés. Au détour d'un sentier,
sous les amas de ronces, se dressaient des splendeurs,
un puits encore debout, un logis à tourelle à demi
effondré, l'arcade d'un portail, le trèfle d'une meur-
trière, les restes, au bord d'une eau-vive, d'un moulin
à papier. La campagne était pleine, pour qui les voulait voir, des signes encore vivants d'une histoire qui
fut grande. Et c'est ainsi qu'elle me fut donnée, je
crois, cette histoire, avant toute étude, ou recherche :
par la mémoire des pierres.

Je n'étais donc pas seul : d'autres, avant moi, par
centaines, par milliers, arpentant le rivage, en Trégor
et Léon, avaient pareillement rêvé aux terres pro-
mises, par-delà l'horizon, qui nous seraient enfin Bretagne, des pages des grimoires sortaient en rangs serrés une invraisemblable cohorte de corsaires, de
pirates, d'aventuriers de toute espèce, d'explorateurs

et de marchands – à croire que depuis le fond des temps cette baie de Morlaix n'avait cessé de projeter ses navires, ses enfants, vers les quatre horizons...

« Un nid de corsaires ! » soutenait le père Floch. Il ne croyait pas si bien dire. Quand touchèrent-ils les côtes d'Amérique, les pêcheurs de morue de Pempoul, en Léon ? Un document nous reste, daté de 1514, et cosigné par les pêcheurs de Bréhat, où ils se déclarent tout net exaspérés de payer depuis cinquante ans des dîmes exorbitantes sur les poissons pêchés, tant sur les côtes de Bretagne qu'en Islande... et à Terre-Neuve ! Soit depuis 1464, quand Christophe Colomb n'aborda les Caraïbes qu'en 1492. Il est vrai que nos marins léonards avaient surtout souci, alors, de tenir secrets leurs lieux de pêche. Cette présence, cependant, paraissait assez avérée pour que la mère de Charles Quint, en 1511, impose à son explorateur Agramonte, désireux de trouver l'île des Morues, la conduite de deux pilotes de Pempoul – les premières cartes du XVIᵉ siècle ne donnaient-elles pas aux régions septentrionales d'Amérique le nom de « Terre des Bretons » ? Des marins hors pair, et des armateurs à l'esprit d'aventure – qui revendiquaient haut et fort d'avoir les premiers découvert le Brésil, ce Brésil dont on oublie aujourd'hui que le nom est celtique, tiré de la *Navigation de saint Brendan*. Ils avaient, semble-t-il, quelques arguments à faire valoir, puisqu'un long procès, qu'ils gagnèrent, les opposa sur ce sujet au Portugal, après que trois de leurs bateaux, occupés à charger des bois de teinture dans la baie de tous les Saints, eurent été coulés, leurs équipages pendus et torturés par Christovao Jacques, arrivé sur ces entrefaites en caravelle.

De hardis marchands, aussi – autrement dit des pirates, en ce xve siècle où Arabes, Espagnols, Bretons et Anglais se détroussaient à qui mieux mieux, hors des regards indiscrets, tout en continuant à commercer fort civilement. À ce petit jeu, la liste des récriminations bretonnes n'était pas négligeable – ainsi, de Jean Calloch, de Morlaix, en 1463, dont le bateau chargé de marchandises avait été capturé par un corsaire espagnol, sa cargaison saisie, et l'équipage rançonné ; ou, la même année, de ces trois armateurs de Saint-Malo dont la cargaison, d'une valeur de douze mille écus, avait été dérobée par un pirate portugais – mais elle restait, pour être juste, fort modeste au regard des exactions perpétrées par les lascars de Morlaix, de Roscoff, de Pempoul...

Légitime défense ! protestaient ces derniers, la main sur le cœur : les pirates normands, ibères, saxons, teutons, danois n'avaient-ils pas eu le front de venir se saisir de leurs proies jusqu'aux ports de Bretagne ? Mais nos gaillards, forts de leur position de choix à l'entrée de la Manche, avaient vite pris goût à cet exercice – au point de devenir, vers la fin du xve siècle, la terreur de toutes les flottes d'Occident.

Hervé de Porzmoguer, Yvon Le Cheny, Roland Le Faucheux, François du Quelennec, et tant d'autres encore, aux noms emportés par l'Histoire : ils guettaient tous, embusqués derrière l'île de Batz, les navires anglais, flamands, hambourgeois, qui revenaient chargés de cargaisons précieuses des Antilles, fondaient sur eux comme des oiseaux de proie, avant de disparaître dans les récifs de l'île de Sieck. Et c'est ainsi que Jean Coëtanlem acquit son titre de « roi et gouverneur de la mer » – puisque aussi bien, affirmait-il sur un ton de défi qui faisait passer à quiconque le goût de le contredire, « il n'avait trouvé oncques en la mer son plus puissant ni son seigneur »...

Jean Coëtanlem, sieur de Keraudy, en Plouézoc'h, à deux pas de chez moi, et né à Keranrun en Guimaëc : comment aurais-je pu lui échapper, et à son neveu Nicolas, qui finit ses jours au manoir de Penanru, à l'entrée de Morlaix ? Il avait suffi, un jour, de rêver devant les restes d'un château découvert par hasard – et ce qu'avaient à dire les pierres moussues, les vieux lierres agités par le vent valait la peine qu'on l'écoute...

Quand on lui demandait pourquoi il avait baptisé un de ses bateaux la *Cuiller*, il éclatait d'un rire sonore : « Parce qu'avec elle, j'écume la mer ! » Le mot a fait fortune. Un tempérament un peu vif, à ce qu'il semble, mais le goût des grandes entreprises – un fin lettré aussi, qui écrivait couramment l'anglais, l'espagnol et le latin. En 1482, il avait vendu tous ses biens de famille, disait-on, pour affréter une véritable flotte, le *Griffon*, le *Picard*, la *Figue*, la *Barque*, en sus de la *Cuiller*, avec laquelle il avait mis la Manche en coupe réglée, pillant, canonnant, prenant à l'abordage tous les navires qui passaient à sa portée, entre Batz et la pointe Saint-Mathieu, sans considération de nationalité. Puis il avait imaginé un ingénieux système, que la mafia sicilienne devait plus tard perfectionner, en offrant sa protection, contre espèces sonnantes, aux navires de la baie désireux de parvenir saufs à destination. Tels étaient ses ravages, que les Anglais, exaspérés, réunirent à Bristol, en 1484, une escadre de guerre qui, après messe et procession pour se concilier saint Georges et le Seigneur, se lança à sa recherche. Les vœux des Anglais se trouvèrent bientôt exaucés, au large de la Bretagne. Pour leur malheur. Car le bouillant Morlaisien, négligeant que l'Anglais détesté était cinq fois plus fort en nombre, tomba sur lui à bras raccourcis, en hurlant que « c'estoit à dur pas que victoire se gagnoit ». Et tant les Bretons « besoignèrent rudement l'anglois » qu'en quelques heures l'affaire était entendue, l'escadre en fuite ou par le fond, à l'exception des deux plus gros navires, la *Trinité* et la *Marie de Grâce*, pris à l'abordage. Mais ces escarmouches avaient quelque peu échauffé les sangs de notre Coëtanlem, de tempérament comme on sait irritable. Ne faisant ni une ni deux, il mit aussitôt le cap sur Bristol, entra dans le port, prit la ville, la pilla de fond en comble avant de l'incendier, puis rentra à Morlaix, tous ses bateaux chargés à couler de butin et de riches prisonniers à libérer contre rançon...

Bristol mis à sac ! La nouvelle ne mit pas long-temps à être partout connue – et le nom de Coëtan-lem à se trouver partout maudit. Pour le plus grand embarras du duc François II, de toutes parts assailli de plaintes furibondes. Après tout, l'Angleterre et pas plus l'Espagne n'étaient en guerre avec la France ! Comment sévir, sans trop courroucer l'iras-cible marin ? On dit que le duc somma très officielle-ment Coëtanlem de rendre son butin, par un mande-ment en date du 1er décembre 1486, mais en lui faisant remettre discrètement douze cents pièces d'or pour dédommagement, avec le conseil de se tenir au calme quelque temps. Au calme ? Coëtanlem, fou furieux, rassembla céans sa flotte et fit voile vers Lis-bonne, pour offrir ses services au roi du Portugal. Celui-ci, que tourmentaient fort les pirates maures et barbaresques, lui fit bon accueil, et le terrible « roi de la mer » démontra à les envoyer par le fond une telle frénésie qu'il se vit offrir tout à la fois le titre d'amiral, et un palais où il vécut désormais tel un prince, entouré de ses marins trégorrois et léonards. Il mourut aux alentours de 1492, et ses équipages, revenus en Bretagne, racontèrent sur lui et ses exploits mille merveilles qui, reprises de veillées en veillées, tissèrent la légende du plus grand roi que jamais la mer connut. Une rumeur insistante, non sans quelques arguments, semble-t-il, courut au Portugal et en Bretagne tout au long du XVIe siècle, selon laquelle il aurait, bien avant Christophe Colomb, touché aux terres d'Amérique...

Nicolas, son neveu, était d'un autre tempérament. Il avait couru les mers, en sa jeunesse, avec son oncle Jean et Alain de Plougras, leur âme damnée à tous les deux, et s'il ne négligeait pas les menus plaisirs de la guerre de course, il se voulait d'abord un armateur, et un marchand, traitant avec l'Espagne, l'Angleterre, les villes hanséatiques, accumulant à ce jeu une fortune immense, au point de faire de Morlaix le port le plus important de la pointe de Bretagne – qu'un écrivain, à la fin du XVe, n'hésitait pas à dire « *nominatissimum omnium terrarum, emporium* » : « le marché le plus renommé de la terre ». Un homme de la Renaissance, avide de découvertes, d'une culture si vaste qu'elle faisait l'étonnement de ceux qui l'approchaient – et un Breton farouche, envoyant par deux fois à ses frais, en 1487, sa flotte ravitailler la ville de Nantes assiégée par les Français, capable de payer encore de sa personne, l'année suivante, à la bataille de Saint-Aubin-du-Cormier, tombeau de la cause bretonne, et arrêté en 1492, transféré au Louvre pour avoir trempé dans un complot de nobles mécontents de l'union de la Bretagne et de la France. Mais il était marchand, c'est-à-dire aussi réaliste, capable de négocier au plus juste ses intérêts, et deux mois plus tard on le retrouvait libre à Morlaix, soutien fidèle du roi et de la reine Anne.

Je le croisais au pied du viaduc, à l'enseigne de la *Belle Cordelière*, chaque fois que nous venions, ma mère et moi, au marché du samedi. Une caravelle stylisée attirait le regard, en devanture du magasin, mais nul, dans le car Mérer qui nous ramenait de la ville, ne savait me dire les raisons de sa présence. Une caravelle ? À Morlaix ? La lumière me vint du père Bonnerot, un jour que je l'aidais à calfater son voilier, la *Fauvette*. Et l'histoire était belle, qui me hanta longtemps, de ce navire courant vers son destin au son des violons et des fifres, dans les tourbillons de robes et de brocarts...

C'était une caraque, la plus grande de son temps, jaugeant sept cents tonneaux, que Nicolas Coëtanlem fit construire en 1496 dans l'anse du Dourduff, en baie de Morlaix, pour le compte de la reine Anne – laquelle, d'ailleurs, oublia de régler l'addition de quinze mille écus d'or. Le bateau mouillait au port de Brest, après avoir fait campagne contre les Turcs et chassé quelque peu l'Espagnol, quand la reine vint le visiter. Après l'avoir fort admiré, et probablement sur les conseils de Coëtanlem, Anne fit appeler Hervé de Porzmoguer, dit Primauguet, formidable marin, combattant intrépide et pirate sans scrupules, qui se tenait alors dans le port de Pempoul, prêt à tirer au large pour fuir la justice. Un peu pâle, il se rendit à l'invitation... pour s'entendre offrir par sa suzeraine le commandement de la *Cordelière*. Et pendant dix ans Porzmoguer, son passé effacé, porta haut la gloire du plus beau bateau de la flotte royale. Jusqu'au jour fatal de 1513...

C'était au début d'août. La *Cordelière* relâchait dans le chenal de Batz, retour d'une campagne sur les côtes d'Espagne. Et Hervé de Porzmoguer, qui venait d'épouser la veuve L'Estang, demoiselle Le Louët de Coatjuval, recevait à son bord pour une grande fête parents et relations, gentilshommes du Léon et messieurs de Morlaix, trois cents au total, quand l'ordre lui arriva soudain, en pleine nuit, d'appareiller pour se porter sus à l'amiral Howard, qui s'approchait des côtes. Il n'était plus temps de débarquer ses hôtes, et c'est sans interrompre la fête que la grande nef gagna le large, c'est sur un air de danse, toujours, qu'elle rejoignit la flotte française, vers la pointe Saint-Mathieu, et s'enfonça comme un bélier dans les lignes anglaises. Las, le sieur de Clermont qui commandait la flotte était « très pauvre homme et marin pis que tout ». La *Cordelière*, après avoir envoyé par le fond la *Mary James* et le *Sovereign*, dut subir le feu du *Regent*. Affaiblis, hommes d'équipage et invités côte à côte tinrent pendant deux heures sans la moindre aide de Clermont, affolé. « Jouez, les violons ! » hurlait Porzmoguer, couvert de poudre et de sang – et les violons jouaient, tandis que tombaient les hommes autour d'eux. Pris d'assaut, ils cédaient peu à peu, mais Porzmoguer, Léonard en cela, « pen kaled » s'il en fut, ne voulait même pas connaître le sens du mot « défaite », aussi, quand tout parut perdu, mit-il le feu aux poudres, et une énorme explosion déchira les flancs de la caraque, entraînant avec elle dans l'abîme le navire anglais et l'essentiel de la noblesse du Léon.

Ah, voilà qui donnait tout à coup du piment aux bords que nous tirions l'été, dans la baie de Morlaix ! Le *Courlis*, le modeste canot à misaine de mes copains Andrieu, déjà tour à tour le *Firecrest* de Gerbault, lancé à travers l'Atlantique, le *Kurun* du Toumelin et la *Lydia* du capitaine Horatio Hornblower, devint pour le coup la *Cordelière*, courant sus à l'anglais, prêt à sauter si nécessaire plutôt que de céder – et le château du Taureau, planté au milieu de la baie, nous apparut tout à coup plus formidable encore, qu'enveloppait la fumée des combats...

C'était la fin d'une époque, qu'avait accompagnée Nicolas de Coëtanlem. Venait le temps des marchands, qui n'avaient plus le goût, ni le besoin, de la guerre de course, mais allaient faire la fortune de Morlaix, pour plus d'un siècle. Quant à Nicolas de Coëtanlem lui-même, « considérant son vieil âge, la faiblesse de son corps, et qu'il n'y a chose plus certaine que la mort, ni plus incertaine que l'heure d'icelle », il prit soin de rédiger ses dernières volontés, l'état de sa fortune, et la liste des dons qu'il entendait faire en réparation des forfaits et péchés qu'il avait pu commettre en sa très aventureuse existence – et il faut croire que la liste était longue, de ses richesses comme de ses fautes, les unes sans doute en proportion des autres, puisque le document, dont une copie se trouve à l'hôpital de Morlaix, rédigé sur un beau parchemin, mesure... cinq mètres et demi de long sur trente-cinq centimètres de large ! Il mourut en 1518 dans son manoir de Penanru, que l'on peut encore voir, à l'entrée de Morlaix, sur la commune de Ploujean...

Mais je savais, pour croiser le buste d'un certain Charles Cornic-Duchêne (1731-1809), juste après le bassin à flot, que les belles habitudes ne se pouvaient perdre ainsi, et que le temps de la course devait revenir au XVIIIe, pour un dernier « âge d'or », dont Cornic avait été la grande figure. Les raisons du retour ? La multiplication des conflits en Europe, guerre de la Succession d'Espagne, d'Autriche, guerre de Sept

Ans, l'extension des Empires coloniaux, l'insécurité des grandes voies maritimes, la concurrence acharnée entre France, Espagne et Angleterre sur toutes les mers du monde – plus quelques autres, probablement, que j'oublie. Toujours est-il que Morlaix y prit une part très active puisque, à en croire l'historien J. Darsel, les archives de l'Amirauté recensent soixante-quatorze armements corsaires à Morlaix au XVIIIe, contre soixante-treize à Saint-Malo et vingt-deux à Brest! Ils furent des dizaines, Hervé de Kersauzon, Jacques Hallegouat, Lézard du Buisson, Jean Labbé, Pierre Maudret, Guillotou de Kerdu, Jean Sanié, Edouard Tuly l'Irlandais, Guillaume Bern, Nicolas Le Brignon, Jean Le Pape, Nicolas Anthon, que Louis XV ennoblit, Sioc'han de Kergabiec, du Hellès de Portal, André Héloury, Loisement-Beaulieu, Mathurin Cornic, Sioc'han de Keradenec, Yves Cornic, Claude Renard, Bernard de Basseville, Corre de Villeon, Jacques Picard, Pierre Gris, tant d'autres encore, oubliés de l'Histoire, à se lancer à l'aventure depuis Roscoff ou Morlaix sur des bateaux jaugeant pour la plupart moins de dix tonneaux, avec des équipages de fortune, souvent de paysans, qui crochaient dans leurs prises avec la même fureur que dans le goémon de rive, l'hiver, sur les côtes du Léon – et les épaves, vers le pays Pagan. Comment fit la *Comtesse de La Mark*, vingt tonneaux, trente hommes et deux canons, capitaine Anthon, pour prendre le *Canard*, deux cents tonneaux, en septembre 1745, ou la *Sarah*, cent tonneaux, au printemps, et le *Roi George*, de Londres, cent vingt tonneaux et sept canons – ou, mieux encore, le *Truro*, le 10 mai 1749, en pleine baie de Plymouth, sous le nez de quatre vaisseaux de guerre? Et comment le *Marquis de Thianges* réussit-il, le 20 novembre 1706, à capturer quatre vaisseaux anglais, dans un convoi de deux cent soixante navires marchands, escortés de quatre vaisseaux de guerre, et à ramener ses prises à Morlaix ?

En vérité l'audace de ces hommes dépassait l'imaginable, parmi lesquels se détachaient quelques hautes figures. Nicolas Anthon, que j'ai déjà cité, Antonio Balidar, le Portugais devenu roscovite jusqu'à la caricature, qui, haché menu par une frégate qu'il s'était mis en tête d'attaquer sur sa coquille de noix, contraint de laisser porter pour se dégager, vociféra, furieux, au capitaine anglais qui lui demandait : « Quel est le nom du brave que j'ai combattu ? – C'est un jean-foutre, hé connard, puisqu'il ne t'a pas pris ! » Jean-Baptiste Hébert, l'Acadien arrivé à Morlaix en haillons, avec tant d'autres, expulsés de Terre-Neuve dans des conditions inhumaines, après le traité de Paris de 1763, et qui, comme beaucoup des siens, Trahan, Blanchard, Jouanet, Le Blanc, se précipita à bord des bateaux corsaires pour se venger de l'anglais exécré, avant de devenir, aux commandes de l'*Épervier*, une des gloires du port : plus de deux cent mille livres de prises, des coups d'une audace inouïe, et un rôle important dans la guerre d'Indépendance américaine – puisqu'il contribua à déplacer jusque dans la Manche la guerre de course des « insurgents » contre l'Angleterre : ainsi que le note l'historien J. Darsel, sur trente-trois bateaux capturés par les corsaires entre 1780 et 1782, douze le furent par des « insurgents », dont trois seulement avaient été armés de l'autre côté de l'Atlantique, et huit à Morlaix...

Et puis il y avait Cornic. Charles Cornic-Duchêne, fils de Mathurin Cornic, l'armateur et corsaire venu de Bréhat faire fortune à Morlaix. La « success story » exemplaire. Mousse à huit ans, second capitaine à quinze ans, lieutenant à dix-sept, commandant de la frégate l'*Agathe* à vingt-cinq, avec laquelle il commença d'écrire sa légende : vingt-six convois marchands rentrés à Brest, et quatre navires ennemis saisis, en une année. Deux ans plus tard, commandant de la *Félicité*, il affronte trois anglais, au large de Molène. Puis avec le *Prothée*, soixante-quatre canons, il capture l'*Ajax*, de la Compagnie des Indes, huit cents tonneaux et trois millions de livres de cargaison. Un bon garçon, bon époux, à la conduite toujours admirable, à Cayenne, à Terre-Neuve, à Bordeaux pendant les inondations, puis à Morlaix où il prit sa retraite, à l'âge de quarante-sept ans, pour se consacrer à sa ville, et baliser la baie. Le seul rêve qu'il ne put mener à bien était la création d'un port en eau profonde, de la taille de Plymouth, au-devant de Morlaix, au Dourduff. Un homme exemplaire, comme on voit. Trop : comment ne pas lui préférer la rudesse sans apprêt de Coëtanlem, de Porzmoguer ou de Balidar ?...

J'errais entre les étals du marché, le samedi, l'esprit embrasé d'histoires fabuleuses. Ce n'était pas des commerçants venus vendre là quincaillerie et étoffes, des épiciers, des paysans ou des marchands des quatre-saisons, mais les matelots retour d'un abordage, tannés par le sel et le vent, qui s'avançaient, hardis, tout enfiévrés encore du tumulte des batailles, chargés de leur butin aux senteurs d'Inde ou d'Amérique, et les négociants de Rotterdam, de Cadix, de Lisbonne se pressaient déjà sur le quai du Léon, en quête de tonnage frais. Les armateurs morlaisiens entassaient leurs prises dans leurs magasins discrets, sur les Lances. Les autres, de Saint-Malo, de Dieppe ou d'ailleurs, tout juste arrivés d'Ouessant ou des Sorlingues, déchargeaient leurs prises en grande hâte, qu'allaient vendre aux enchères les juges de l'Amirauté, draps, étoffes, soieries, dentelles rares, peaux de cabris, de tigres, de visons, bijoux d'or et d'argent, mobilier rare, poudre d'or, pierres précieuses, quinquinas, eaux-de-vie, écailles de tortues, bois de Campêche, laques précieuses, bœuf salé, raisins, espingoles, sabres et pistolets – l'inépuisable richesse des lointains déversée là, sur les quais, avant de reprendre la mer. Morlaix n'était-il pas la première bourse corsaire de Basse Bretagne, grâce à sa position à l'entrée de la Manche ? Je fermais les yeux. Oui, ils étaient tous là, les capitaines de Saint-Malo, de Granville, de Dieppe, de Dunkerque, Duguay-Trouin rapportant le *Dom Charles* de Bristol et le *Jeffrey* de Londres, Le Bon, Laurent du Gué, Quoniam, Deshays, Le Poitevin, Balidor, Moulston, Jean Bart. Et parmi eux René Auguste Chateaubriand, le père de l'écrivain et corsaire bon teint sur son *Villegénie* (« cet homme grand et sec aux yeux enfoncés dont la prunelle étincelante semblait, au dire de son fils, se détacher et venir vous frapper comme une balle »), venu vendre les cinq navires capturés qui allaient lui permettre d'acheter Combourg, lui, le petit cadet de Bretagne aux seules quatre cent seize livres d'héritage...

Le port tanguait, retrouvait vie ; des chansons, par bouffées, sortaient des gargotes enfumées, et la ville vous avait tout de suite une autre allure, de savoir que le Christ de bois de l'église Saint-Mathieu avait été trouvé à bord d'une felouque barbaresque, où les mahométans lui faisaient subir mille outrages – ou que les deux statues en marbre de Carrare ornant le maître-autel de l'église Saint-Martin venaient de prendre la mer sur une felouque génoise pour rejoindre la cathédrale de Séville lorsqu'un certain Hamon de Kerdaniel les avaient « détournées » vers Morlaix.

L'âge des sabres en bois, certes, s'éloignait de moi, mais c'était encore le temps des belles histoires de l'oncle Paul, des exploits de Surcouf dessinés par Hubinon dans *Spirou*, des *Mémoires* de Garneray dans la collection Rouge et Or, et l'état de corsaire me paraissait le seul digne d'intérêt – avec celui de trappeur, bien sûr, et de voyageur.

Dans le manoir de Penanru où s'éteignit Nicolas Coëtanlem, avait joué, enfant, Joseph Dupleix, le futur gouverneur de Pondichéry et des Indes françaises, et le manoir du Roch'ou, en Plouézoc'h, avait appartenu aux Huon de Kermadec, dont l'un d'eux, Jean-Michel, parti à la recherche de La Pérouse et disparu en Nouvelle-Calédonie, devait laisser son nom à un archipel d'Océanie. Le joli manoir de Kersaliou, entre Saint-Pol-de-Léon et Roscoff, rappelait que Hervé de Kersaintgilly de Kergadiou, un des fondateurs de la colonie de l'île Bourbon, y naquit en 1612, tandis que Yves Cornic, neveu du corsaire, chassait les épices aux côtés de Pierre Poivre. Jusqu'à Mahé de La Bourdonnais, l'ennemi juré de Dupleix, qui se revendiquait Léonard, des Mahé de Kermorvan, en Taulé, dont il avait adopté le blason ! De quelque côté que je traînais mes guêtres, les vents sentaient fort les épices et les parfums d'Orient – à croire, décidément, que le monde nous avait été tout ce temps comme une paume ouverte...

Sur la droite de la route de Plougasnou à Morlaix, près des ruines du prieuré de Saint-Georges, le modeste manoir de Kerlessy avait appartenu à la famille Trogoff, dont l'un d'eux, Jean Honoré de

Trogoff, accompagna Kerguelen aux terres australes et se couvrit de gloire au combat de la Dominique, pendant la guerre d'Amérique – avant de trahir la République, pendant le siège de Toulon, et de finir couvert d'opprobre par Thiers, qui l'avait pris pour un Russe immigré. Au fond de l'anse de Primel, dans une vallée de prairies vertes, au bord d'un ruisseau clair, le manoir de Tromelin gardait encore la mémoire de la vie tumultueuse du lieutenant-général Jean-Jacques de Boudin, comte de Tromelin : émigré sous un nom d'emprunt qui le faisait passer pour anglais, il avait vécu mille aventures, mi-corsaire, mi-espion, aux côtés de Sidney Smith, l'aventurier ; arrêtés tous deux, ils s'étaient évadés de la prison du Temple en 1798 avant de se retrouver au service de l'Empire ottoman, ligués contre les entreprises de Bonaparte en Égypte – et c'est ainsi que notre homme avait pris El-Arich aux Français, et défendu Saint-Jean-d'Acre contre Bonaparte... avant de finir général d'Empire.

Oui, le monde était notre royaume. À peine entrouvertes les portes de l'Histoire, voilà qu'ils se bousculaient par centaines, aventuriers, voyageurs, songe-creux, qui avaient comme moi arpenté les rivages de la baie, rêvé devant l'horizon vide, avant de s'en aller, aux quatre coins du monde, à la poursuite de leurs chimères. Et le flot paraissait inépuisable, qui charriait les plus fascinantes, les plus inattendues parfois, des pépites, où chaque personnage prenait des allures de héros de roman. Qui aujourd'hui se souvient de Guillaume Le Jean, natif de Plouégat-Guerrand, et obscur secrétaire à la sous-préfecture de Morlaix avant de devenir le collaborateur de Lamartine – ce Rimbaud de la géographie qui parcourut à pied les Balkans, poussa jusqu'à la vallée du Cachemire, en Inde, avant de s'enfoncer au cœur de l'Afrique des mystères, jusqu'à la ville mythique de Gontar ? C'est le père Le Meur, missionnaire sur l'embouchure de la Mackenzie, de retour pour quelques vacances à son village de Saint-Jean-du-Doigt, qui m'avait raconté, un soir, ses aventures. L'abbé Jacq le pressait de questions sur les films d'amateur qu'il venait de nous projeter dans la grande salle du presbytère, et les bizarreries de la culture esquimau, mais était-il fatigué, ce soir-là, d'évoquer une fois encore la glace, le froid, le grand silence blanc ? Toujours est-il que le père Le Meur sans cesse revenait à son Le Jean, et sa voix avait des accents si intenses que nous avions tous dressé l'oreille...

Il nous avait dit, alors, ses longues errances en Haute Nubie, et la région du Nil bleu, le cirque de Togoy aux marbres éclatants sous le soleil, tranchés de schistes bleus, les douceurs du Paradis à l'oasis de Korfodan, et le tangage lent des chameaux à travers les forêts d'épineux, l'odeur rance de leurs poils gras. Ses hallucinations, aussi, dans le désert de Khor. Une muraille se dressait tout à coup devant lui, qui l'obligeait à s'arrêter. Voulait-il la contourner par la droite : un mur. Par la gauche : un mur. Il était au fond d'un entonnoir, qu'il lui fallait escalader. Mais l'angle de la pente était de soixante-quinze degrés... Il avançait une jambe : son pied tombait dans le vide. Et pourtant il poursuivait sa route, à demi inconscient, et chaque pas était comme s'il tombait d'une marche... Et puis il y avait eu les splendeurs de Bar el-Ghazal, comme un miroir d'or traversé en pirogue, parmi les hippopotames nonchalants, les marches à travers l'Éthiopie, le long des précipices, où le jaune des euphorbes au bord des fleuves sans nom lui rappelait les genêts du Trégor. Le camp du

Négus et ses splendeurs barbares, les longues chevau-
chées aux côtés du descendant de Salomon pour
réduire les rebelles – on ne risquait à ce jeu que
d'avoir le cœur mangé, ou les couilles tranchées, avait
expliqué le père Le Meur, et je vois encore le sursaut
de l'abbé Jacq : les missionnaires semblaient avoir le
langage plus direct que les curés de notre paroisse –
les pasteurs nomades, la fumée des foyers calmes
sous les étoiles, le ciel immense, et ce sentiment
d'être revenu aux premiers âges de la Bible, son
retour, au plus lent du pas de ses montures, jusqu'à la
mer Rouge, l'odeur d'un potager, un jour, qui lui rap-
pela Plouégat... La voix du père Le Meur était
comme une plainte, ou une incantation, et j'avais
compris que le brave homme, dans la solitude de
l'hiver polaire, avait soigné tout à la fois sa nostalgie
du pays et sa soif de voyages sur les pas de Le Jean
errant dans les désert brûlants.

Des personnages de roman, à chaque pas. Quel
écrivain évoquera un jour la pittoresque figure de
Jacques-André Brossard, né en 1756 à Morlaix,
devenu Missour Aly, maharadjah aux Indes ?
L'affaire commençait comme un film de Michael
Curtiz, dans une taverne, où quatre sergents de
Navarre provoquaient un matelot entré, à leur goût,
d'un air par trop altier. Mais notre Brossard était une
rude lame, les quatre sergents se trouvèrent proprement embrochés – et c'est ainsi que notre héros, parti
pour rentrer au pays, se trouva condamné à s'embarquer sur la *Lionne*, destination Pondichéry. Combat
naval dans l'océan Indien. Déroute de la *Lionne*.
Voilà Brossard avec ses compagnons jetés à fond de
cale du brick l'*Alacrity*, en route pour Madras. Pas
pour longtemps, car le gaillard a de la ressource :
deux jours après, aidé de neuf camarades, il est

maître du navire, qu'il ramène au bailli de Suffren. Combats, aventures diverses, cœurs brisés sur son passage. Envoyé à Hayder-Aly pour former ses artilleurs, il devient l'ami de son fils et successeur, Tippoo-Sahib, son conseiller, puis son beau-frère, nommé maharadjah et gouverneur de Bednor. La fin ? Tous ceux qui gardent à leur chevet *L'Homme qui voulut être roi* de Kipling, tous ceux qui ont vibré au film de Huston peuvent la deviner – misérable, comme il se doit, défait par les Anglais, sa femme emportée par une épidémie, son beau-frère brûlé vif... Mais il n'empêche : il fut roi.

Et ce n'était pas là seulement fantaisies de nobliaux, ou lubies d'originaux, tandis que le bas peuple demeurait le front bas, les sabots enfoncés dans la glaise : c'était bien une fièvre, qui agitait tout le rivage, hantait, aurait-on dit, les rêves de chacun : qu'avait-il en tête, Henry Ollivier, ce paysan de vingt ans qui en 1828 affréta une gabare avec trois compères de Roscoff pour aller vendre ses oignons à Plymouth ? Les récits, aux veillées, des exploits de Balidar le corsaire ? Le souvenir gardé que cinq siècles plus tôt des barcasses de Roscoff, déjà, s'en allaient vendre légumes et fruits en Angleterre ? Ou bien avait-il eu dans ses parents quelques-uns de ces paysans qui avaient fait la course en saison creuse ? À sa suite ils furent des milliers, parfois des gamins, à tisser la légende des « Johnnies » de Roscoff vendant leurs tresses d'oignons à travers l'Angleterre – et ce n'est sans doute pas un hasard si c'est à Roscoff que des paysans, héritiers de l'histoire des Johnnies, osèrent créer, quand personne ne voulait s'y risquer, les Brittany-Ferries, aujourd'hui la première compagnie de transport maritime trans-Manche...

« En ce temps-là, c'étaient des durs, les gars, vous

ne pouvez pas imaginer... » À peine ai-je besoin de
fermer les yeux : ils sont tous là, présents, la voix du
père Floch mêlée à celles d'Albert Le Clech, de Jean
Tudal, d'Antoine Pouliquen, Jean Scornet se roule
une cigarette et hoche la tête sans dire mot, comme
d'habitude, c'était chez Marguerite Bléas, future
Mme Postic – ou bien à Pen ar C'hra ? –, la pièce, en
tout cas, sentait fort le coaltar, le tabac gris, le café
chaud, et le vent, là dehors, dansait une sacrée sarabande.

« Ce soir-là, le *Tos Mor* taillait sa route vers les
Sorlingues, et j'étais de veille au bossoir... »

« D'où tu viens ? je lui ai demandé. De par là, qu'il
m'a dit, d'un geste du bras qui a reculé les cloisons
jusqu'au bout de la terre. »

Ils étaient là dehors, tous ces coureurs de vent, partis un jour de la baie, qui nous appelaient à eux. Il
m'a fallu bien des années, souvent, pour découvrir
leurs noms, dénicher leurs histoires dans des archives
de poussière, mais ils étaient déjà là, qui frappaient
aux volets, de cela j'en suis sûr aujourd'hui. Comment, sinon, serais-je parti à leur recherche ? Eton-
nez-vous, après, si je fais aux marins de mon enfance
des épaules un peu larges : ce sont tous ceux-là, aussi,
corsaires, songe-creux, voyageurs, que j'ai appris à
voir à travers eux...

Le Térénez de mon enfance était surtout celui de
l'hiver, les touristes en allés. Seuls quelques irréductibles prolongeaient leur séjour; Albert Le Clech,
journaliste au *Télégramme*, qui devait un peu plus
tard créer l'école de voile, se cramponnait jusqu'à la
dernière seconde à sa petite maison blanche, si
proche du rivage que si l'on n'y prenait garde, ou tré-
buchait sur les galets, on passait droit par la fenêtre

sur sa table de cuisine ; Pierre Corre, dit l'Anglais (à Térénez), ou Pec (à Morlaix) arrivé dans les années 50, et célèbre pour grommeler en toutes occasions « comprends pas ! », attendait le dernièr moment pour descendre de la *Lucienne*, le bateau de Lucien Saout, son copain – jusqu'au jour où, à force d'attendre, il ne descendit plus, et resta pour de bon ; le père Walbot, rouge de visage, rouge de pantalon et rouge de colère, vitupérait comme d'habitude une nuée d'étourneaux en culottes courtes qui le houspillaient, précisément à cause de son caractère soupe au lait. Mais ceux-là faisaient partie des meubles depuis si longtemps ! Les autres, qui transformaient le port en ruche bourdonnante, avaient disparu. Les marins-pêcheurs reprenaient possession des lieux, non sans quelques soupirs, car cela voulait dire, aussi, que les femmes en fichus et sarraus noirs allaient remplacer les naïades de l'été. Et moi, je retrouvais râteau et patins de bois chez les Scornet, pour travailler sur leurs parcs, dans la baie.

Mes copains de l'été avaient leur maison de vacances à Saint-Samson, et le *Courlis*, leur canot à misaine, mouillait à Ti Louzou, aussi le territoire de nos aventures estivales se résuma-t-il longtemps à Saint-Samson, avec quelques expéditions, parfois, jusqu'à l'anse du Guerzit, pour y traquer le *buzuk* nécessaire à nos lignes de fond, et, accessoirement, nous baigner. Saint-Samson, et la part de la baie offerte à notre coursier des mers, mais, curieusement, pas Térénez. Une frontière invisible, mais si péremptoire que les injonctions parentales ne devaient pas y être tout à fait étrangères, nous en séparait, très exactement située sur la ligne de crête dominant Pen an Dour : au-delà commençait un territoire interdit, où s'opéraient pendant l'été de mystérieuses transformations...

Tout aux exploits de Horatio Hornblower affrontant l'ignoble El Supremo et la *Natividad*, occupés à prendre d'assaut le Taureau et arracher Alan Breck aux griffes de ses geôliers, ou courir sus à l'Anglais aux côtés de Jean Coëtanlem, nous n'y avions pas pris garde, jusqu'alors. Allez savoir pourquoi, certaine année – ou bien était-ce en nous que s'opéraient de mystérieuses transformations ? –, nos oreilles se firent plus attentives aux chuchotements et rires étouffés des commères de Ti Louzou, et cette langue de terre, en face de nous, à un mille à peine de l'autre côté de l'anse de Tréourhen, devint bientôt notre unique souci. La mère Quéau, qui passait l'essentiel de son existence derrière d'énormes jumelles, égalées seulement par celles de la mère Le Gros (je n'oublie pas la mère Tromeur et sa cousine, tante Louise), menait la danse :

– Oh, il s'en passe des choses à Térénez ! C'est pas joli, joli, moi je vous le dis... Vous ne savez pas ce qu'ils ont fait sur le pont de la *Fauvette* ?

Suivaient de longues messes basses. Yvonne Colleter sursautait :

– Oh ! C'est pas possible !

Sa mère ricanait, sous les cris de réprobation :

– Mah, ceux-là, au moins, ne s'embêtent pas !

Bref, Rome, en sa pire décadence, n'approchait pas les turpitudes de ce rendez-vous des âmes perdues – je me suis laissé dire que les cœurs pieux de la paroisse, plus tard, suscitèrent au Diben une école de voile concurrente pour ne pas livrer au péché leur innocente progéniture. Mme Quéau reprenait son souffle, puis se penchait à l'oreille de sa voisine, en chuchotant assez fort pour qu'on l'entende jusqu'au bout de la grève :

– ET ENCORE CE N'EST RIEN !

Silence immédiat dans les rangs.

– Vous ne savez pas ce que m'a dit Mme Le Gros ? Figurez-vous qu'un des fils Buck...

Je n'ai jamais su la suite de l'histoire : nous courions déjà ventre à terre vers cette Terre promise. Et ce fut la fin de notre enfance.

En fait de lieu de perdition, Térénez était surtout un havre d'insouciance bon enfant, où se livrer en paix à sa passion de la mer – mais peut-être était-ce cette passion qui rendait le port si suspect alentour ? Rames, casiers, cordages, prames s'éparpillaient en un joyeux désordre sur le terre-plein, et tel était le sentiment d'appartenance à une communauté qu'il ne serait venu à l'idée de personne que quoi que ce soit pût être volé. Garçons et filles, en dehors de la voile, s'y livraient à des jeux innocents, les mêmes, probablement, que partout ailleurs de par le monde, et qui font que l'espèce humaine ne s'est pas arrêtée à la première génération. Mais nous fascinaient surtout les voiles qui claquaient dans le vent, les accélérations brutales des dériveurs, au sortir du goulet, quand ils prenaient le vent, et puis un étrange oiseau de mer, qui s'envolait littéralement quand l'équipier, le corps hors du bateau, cambré au ras des vagues, se suspendait au trapèze : le premier « 505 » qu'il nous était donné d'admirer, en plastique moulé, un monstre futuriste (l'électricité venait tout juste d'arriver à Saint-Samson) qui effleurait à peine la crête des vagues et passait, dans un battement d'ailes, un souffle – déjà il n'était plus qu'un point, au bord de l'horizon. Et quelque chose nous disait que « mousses » et « vauriens » n'allaient pas tarder à rejoindre le musée, qu'un autre âge de la voile commençait là, sous nos yeux.

Les frères Buck étaient les rois jusqu'alors incontestés du port – comme les Noan l'étaient chez les marins-pêcheurs. Ils étaient là depuis toujours, et tout le port les avait vus grandir, en multipliant les exploits. Leur père, arrivé à Térénez pendant la guerre, était le P-DG de l'Économie troyenne, et dirigeait sa famille comme une entreprise. « Les intelligents, j'en fais des polytech-niciens, aimait-il dire de ses fils, et les autres des dentistes ! » Mais ils se devaient tous d'être, d'abord, des marins. Philippe et Jean-Claude étaient champions de France de 505, Jean-Claude devait même être plus tard champion du monde, si ma mémoire est bonne, et Gilles, leur cadet, sélectionné dans l'équipe de France des cinq mètres cinquante Jauge Internationale – à quoi il faut ajouter que les six frères, à commencer par Philippe, le roi de la course au canard chaque année aux régates du port, avaient été tour à tour champions de France de natation. Nous les mangions des yeux, tandis qu'ils tiraient au sec leur 505, les plus audacieux caressaient la coque, ses formes aiguës comme une aile, ou une lame. Eux nous accueillaient d'un sourire, détaillaient les subtilités de l'accastillage, avant de s'éloigner, laissant là leur bateau, en roulant les épaules. Jean-Pierre Bonnerot, lui, soignait son look d'aventurier et le bronzage de ses pectoraux de Tarzan des Tropiques en briquant sa *Fauvette*. Hisser les voiles sur un pareil engin n'était pas une affaire de mauviette, mais ses efforts – toujours effectués à portée de regard des curieux sur la rive – trouvaient généralement leur récompense : leur effet sur les filles était irrésistible. J'étais encore un gamin, un rêveur de navires – aussi quelle joie, ce jour où le père Buck me prit sur son *Rose-Thé*, un superbe Bélouga verni, comme équipier de foc pour une régate au Dourduff ! – mais Jim et Mic, les aînés de notre bande, qu'animaient des pensées terre à terre, paraissaient, eux, nettement plus soucieux : pas de doute, la concurrence s'annonçait rude. Et ce n'était pas le *Courlis* qui allait faire le poids.

Fort heureusement, c'est à ce moment même que leur père, songeant que ses enfants poussaient, et que les aînés pourraient lui être de précieux équipiers pendant que les petits disposeraient du *Courlis*, décida d'acheter un Bélouga, le *Corsen*. Je ne vous ferai pas le récit des cris, disputes et tempêtes, sur terre comme sur mer, qui s'ensuivirent, mais il est vrai que l'heure était aux mesures urgentes, radicales – et l'excellent M. Andrieu se retrouva promptement condamné à barrer à jamais le *Courlis*, tandis que le *Corsen* glissait au loin, peuplé de créatures de rêves...

Ainsi commença à Térénez l'ère des Andrieu – qui, coïncidant avec la création de l'école de voile, allait porter très loin la renommée du petit port...

René Le Clech est comme la mémoire vivante de cette époque, et de ce qui s'ensuivit. J'avais su ses exploits sur Mousse, 420 et 470, à une époque où j'avais déjà quitté le pays, mais je gardais surtout le souvenir du microbe joufflu (après tout, il a quatre ans de moins que moi !) qui, à la barre de la *Mathilde* ou du canot du père Réguer, prétendait contester, à chaque régate, l'évidente supériorité du *Courlis*. Quelque mauvais esprit, nous observant ce soir à Trostériou, dirait probablement qu'en fait de microbes le temps sur tous deux a coulé, mais pour René comme pour moi c'était hier à peine – après tout, nous n'avons jamais que l'âge de nos rêves.

Le feu brûle clair dans la cheminée. Par la fenêtre nous pouvons voir toute la baie, jusqu'au large, les

Roches Jaunes s'éclairer d'un dernier flamboiement
sur les eaux sombres, Perrohen s'enfoncer doucement dans le soir. L'école de voile... Elle fut la
grande œuvre de son père. Créée en 1961 avec trois
bateaux seulement, un cotre breton, une caravelle et
un mousse. Un chalutier échoué sur la grève, som-
mairement aménagé, faisait office de local. Et que
Jean Le Noan ait tenu à faire partie du premier
comité était pour tous plus qu'un symbole.
Aujourd'hui, l'école, installée dans les anciens locaux
de Jean Scornet, accueille près de six cents stagiaires,
sur 420, 470, catamarans, kayaks, Optimist et
planches à voile. Mais c'est toujours aux âges
héroïques que revient René, aux histoires fabuleuses
du père Floch, de Victor Tudal ou du père Réguer
qui tant le firent rêver, jadis, comme tous les autres
gosses du port, avant de le précipiter à la barre de
son premier bateau. Et il ne fait pas de doute pour
lui, en ces instants pensifs où nous dégustons à petites
lampées un Lagavulin, que tout vient de là – et que
ces gamins ne firent jamais que prolonger un rêve né
bien avant eux...

Les lumières s'allument une à une sur le port,
englouti à son tour par les ténèbres. La vasière de
Kernéléhen, en contrebas, brille comme une lame de
plomb. Les myriades d'oiseaux que j'observe maintenant depuis des semaines ont disparu, rentrés dans
les îles, ou blottis dans des caches, sur le rivage, pour
la nuit. Est-il quelque chose de plus beau, de plus
poignant que le jour qui meurt, sur la mer ? Moment
propice aux souvenirs. René se racle la gorge, les
yeux fixés sur les lumières du port. Comment un
hameau aussi minuscule a-t-il pu produire une telle
cohorte de champions ? Car nous n'évoquons pas ce
soir le palmarès d'une région, ou d'un de ces centres

qui regroupent à grands frais les meilleurs de l'Hexa-
gone, mais d'un port de quelques dizaines de maisons, ayant toujours vécu sur ses ressources propres.

– Ça irait plus vite, de compter les familles qui
n'ont pas de champions de France !

René fait le compte mentalement, sourit :

– Bof, ça tiendrait sur les doigts d'une main...

Jean-Paul et Pierre Corre, vainqueurs d'une
manche aux Championnats d'Europe des 470, devant
les frères Pajot, Marc Le Clech, qui fut de la première équipe de France d'Optimist, Luc Le Vaillant,
vice-champion de France et sélectionné olympique
sur 470, Jean-Baptiste Le Vaillant, dit Krakic Le
Singe, champion de 420 et de 470, l'équipier avant le
plus recherché de France, qui a couru avec Follenfant
et Arthaud, aujourd'hui maître voilier à La Rochelle,
Yves Lintanf, champion de France de Corsaire, Yannick Le Clech, international sur Optimist, François
Pillet, sur Laser, les frères Perrin, champions de
France sur Corsaire, Yann N'Guyen, une des stars de
la planche « fun », Goulven Le Clech, quinzième aux
Championnats du monde de 420, Yves-Matthieu Le
Vaillant, dit Neptune, Donatien et Thomas Le Vaillant, ses deux frères, tous trois champions de planche
à voile – on n'en finit pas de les énumérer !... Mais la
première « star » de la place, après les frères Buck,
celui qui lui mettrait presque une larme au coin de
l'œil, est Daniel Andrieu, dit Vadius, qui lui fit
découvrir les Shadows quand il avait douze ans.
Vadius et ses coups de génie sur 470, avec Olivier,
son frère, d'abord, puis avec Alain Picard, son
complice aux Championnats de France, à la semaine
de Kiehl, au Mondial au Canada, gagnant une
manche de légende de la Quarter Ton Cup, la plus
belle, la dernière, au large, dans la tempête, sur une

Cifraline qu'il avait lui-même dessinée ; Vadius rame-
nant un jour avec lui un étudiant attardé à cheveux
longs, qui traînait toujours un ordinateur sur le siège
arrière de sa voiture : Philippe Pallu de La Barrière,
professeur au Collège de France, et voilier de génie,
habitué de Roscanvel, mais devenu dans l'instant
térénézien de cœur ; Vadius, architecte naval, dessi-
nant des merveilles de quarter et de half-tonners...
Pourtant, il ne faudrait pas beaucoup le pousser,
René, pour qu'il avoue se ficher un peu de cette
longue liste de coupes et de médailles qui faisait
l'orgueil de son père – non : ce qui l'émeut, en cet
instant où nous laissons les ténèbres envahir la pièce,
c'est qu'ils ont su, à travers les générations, former
une bande, transmettre un héritage, faire vivre sur
toutes les aires de régates une manière d'être et de
courir, un je-ne-sais-quoi qui serait comme l'esprit,
l'âme de Térénez, conjuguant la course et la fête.
Tout le contraire, en somme, de ce pisse-froid de
Pajot. Et ce fut la légende du Térénez Torch Team –
qui vaut que l'on se resserve une rasade du pur malt
des îles.

– C'est un journaliste de *L'Équipe* qui a inventé ce
nom, je crois. Ce devait être... oui, pendant un cham-
pionnat de France, dans l'été 70. Je vois encore le
titre : « Le Barnum Circus de La Baule et le Térénez
Torch Team » – manière d'opposer, disons... deux
conceptions de la compétition. D'un côté les Pajot,
avec soigneurs, staff technique, genre « on n'est pas
là pour rigoler », et de l'autre les joyeux fêtards de
Térénez, entourés d'une nuée de filles.

Il glousse :

– Tu imagines mon père, quand il a ouvert
L'Équipe... Il a failli avoir une attaque ! Lui qui col-
lectionnait tous les articles sur Térénez – de voir

exposées aux yeux du monde les turpitudes de ses lascars...

J'ai quelques autres souvenirs, ravivés par Daniel. Un article fameux des *Cahiers du yachting*, en 72 ou 73, à l'occasion des Championnats d'Europe à Medenblik, Hollande, sur le thème : « Deux méthodes d'entraînement s'opposent : les Hollandais partis faire leur jogging matinal croisent le Térénez Torch Team hagard, qui regagne son hôtel à tâtons, après une nuit très arrosée. » Et puis surtout les circonstances exactes de la naissance du mythique TTT. À Trébeurden, dans l'été 70, au sortir d'un Critérium international des jeunes gagné par Alain Picard. Daniel Andrieu, cette fois-là, naviguait avec un autre ami, Alain Le Goff. La bande avait sympathisé, au bar, avec Philippe et Brice Pallu de la Barrière, leurs plus obstinés adversaires tout au long des régates, au point que, devenus inséparables, ils les avaient ramenés avec eux à Térénez... en s'arrêtant à *tous* les bistrots, en chemin, pour boire dans la coupe. À leur arrivée chez Henri, au bar du port (aujourd'hui *Les Embruns*), le pauvre trophée se trouvait passablement cabossé, et eux encore plus, mais les deux frères Pallu, séduits, n'avaient plus quitté Térénez. Et autour d'eux, après chaque régate, se pressaient des gamins aux yeux émerveillés qui rêvaient au jour où ils prendraient la suite. Ils étaient leurs chevaliers, leurs corsaires, leurs pirates, retour de grandes batailles, auréolés de gloire, recrus de fatigues inouïes – et le soir, raconte Luc Le Vaillant, qui fut de ces gamins, il se disait qu'ils aimaient pisser du haut des poteaux EDF, probablement en hommage au père Floch, ou, vêtus d'un grand imperméable, jouer au phare de l'île de Batz : une fois, tu vois, une fois, tu vois pas. Et cela bien sûr les intéressait au moins autant que leurs résultats en régate...

– Crois-moi, c'étaient tous des marins, des vrais !

Il fut de toutes ces virées, René, et de toutes ces courses, même si par pudeur il n'évoque pas ce soir son propre palmarès – mais c'est toujours à Vadius qu'il revient et à sa course de légende au final de la Quarter Ton Cup...

C'était à Marseille, il y a quinze ans, mais on en parle encore, dans le petit monde de la voile. Un mistral déchaîné, à plus de soixante nœuds, des creux de huit mètres – et chaque vague était une déferlante.

– Tu imagines ? Il devait se mettre bout au vent, au sommet de chaque vague, abattre dans le creux, et ça pendant des heures. La nuit tombait, ça devenait de la folie, ils ont dû mouiller dans une crique vers Toulon, en annonçant aux organisateurs qu'ils restaient dans la course. Et ils entendaient sur leur radio les équipages, affolés, qui renonçaient les uns après les autres, pendant que la tempête les éparpillaient à coups de marteau. À la première lueur, le lendemain, Vadius est reparti, toujours dans la tempête, après avoir dormi roulé dans un foc. Pour arriver vainqueur. Devant Bruno Troublé, le seul autre survivant. Les quarante-huit autres avaient abandonné. Les régates, les coups tactiques, tout ça c'est bien joli, mais c'est là qu'on reconnaît les hommes !

Il s'est redressé, à ces seuls souvenirs, secoue la tête, comme s'il en restait encore incrédule : c'était cela aussi, le Térénez Torch Team !

C'était sa jeunesse, et ils étaient des princes.

Non, nul ne peut imaginer, aujourd'hui, ce que fut le charme de Térénez, jusqu'au milieu des années soixante. La « route touristique » qui rejoint le fond de la baie et se prolonge en un long ruban jusqu'au bourg de Plouézoc'h, en offrant à l'automobiliste

pressé un panorama tout simplement sublime, n'exis-
tait pas encore, et le « fond de la baie », accessible
seulement par bateau, se parait de tous les prestiges
des pays lointains, quelque peu mystérieux, où l'on
ne se risquait que de loin en loin, à la rame, pour des
« raids » éclairs dans les vergers bourdonnants de
chaleur. Les hauts de Térénez, encore en friches et
talus de landes, offraient aux promeneurs en quête
de solitudes partagées de nombreux et très douillets
abris. Et quant au port lui-même, il se trouvait réduit
à sa plus simple expression : une plage minuscule, et
inconfortable, au pied de la cale, un vieux chalutier
échoué pour l'école de voile, et résolument aucun
élément de ce « confort moderne » que le touriste
hargneux réclame, où qu'il aille, comme le premier
des droits. Jusqu'à notre « mauvaise réputation » qui
agissait comme une protection, en nous épargnant les
mémés à caniche et les vacanciers en maillot de
corps. Térénez, en bref, se méritait, et c'était très
bien ainsi...

Trop fragile, je le sais bien, est la beauté du
monde, et trop effrayante la bêtise humaine pour que
durent les miracles : il a donc fallu que Térénez, à son
tour, soit « aménagé » – autrement dit mutilé.
D'abord nous eûmes droit à des WC publics,
« cadeau » des Bâtiments de France, avec la bénédic-
tion de la direction départementale de l'Équipement,
un énorme cube en pierre de taille, placé bien en vue
à l'entrée du port. Puis à la pointe, bien que site
classé, poussa, on se demande encore pourquoi, par
la grâce toujours des Bâtiments de France, un restau-
rant-bar tout simplement hideux, même si son
patron, Henri, catcheur à la retraite, devint vite une
figure locale. Pour contrarier une éventuelle érosion
du tombolo, un aménageur fou déversa tout le long

du rivage, le défigurant d'un seul coup, d'énormes blocs de roche, éclatés à la dynamite. Et comme certains esprits chagrins n'avaient pas été sans remarquer que l'on y stationnait difficilement, ce qui avait pour heureux effet de limiter l'afflux de population et de décourager les beaufs vissés à leur voiture, on fit du tombolo, élargi, un vaste parking goudronné. Un été encore, et la cabane de l'amie Josette, nichée dans les arbres, en bord de mer, vers Pen an Dour, avait disparu, pour laisser la place à une route, prolongée par un « sentier pédestre » jusqu'à Saint-Samson...

Pourtant, quelque chose persiste, du miracle. La descente vers le port vous chavire le cœur, comme la première fois, le portail de pierre Renaissance, sur la gauche de la route, Stérec et le Taureau, au loin, l'échappée vers les îles – l'EDF a évidemment choisi le pire endroit pour planter ses poteaux, qui vous bouchent la vue, un demi-millier de câbles barrent le ciel, au-dessus de vous, mais c'est la même mer, toujours, ce sont les mêmes lumières, et l'horizon, là-bas... Nous vivons entourés de monomaniaques de l'aménagement, de responsables de l'Équipement de toute évidence fous, ou analphabètes, de conseils municipaux irresponsables, de commerçants qui vous ravageraient tout un site pour trois frites-saucisses, aussi goûtons-nous jusqu'à l'ivresse chaque instant de bonheur gagné sur leur bêtise, avant l'inéluctable catastrophe. De loin en loin une rumeur affolée court sur le rivage, un nouveau plan serait né quelque part, qu'il va falloir combattre, route touristique, marina pieds dans l'eau, port en eau profonde, que sais-je ? La dernière folie était d'un golf international sur Barnénez – les champs, les talus rasés, transformés en décor paysager, avec club-house au pied du cairn ! Et

puis, après un tourbillon de cris, de pétitions, les projets s'effilochent, comme des mauvais rêves – jusqu'à
la prochaine fois.

Oui, quelque chose persiste, du miracle. Tôt ce
matin, j'ai pu suivre au large le ballet des Optimist de
la classe de mer de Saint-Samson. Une jolie brise les
balayait vers Térénez comme une nuée de bécas-
seaux, mais les gamins tenaient ferme la barre, et les
plus hardis, aux avant-postes, régataient déjà comme
de vieux briscards. Cet après-midi, c'est une autre
agitation qui réveille Térénez, un va-et-vient de
camionnettes, de 4 × 4 fatigués, de coques alignées
sous leurs tauds poussiéreux, d'adolescents aux non-
chalances étudiées qui me rappellent tout à coup
quelque chose – ceux-là, déjà, apprennent à jouer aux
champions. Les espoirs de la baie en « Moths » et
420, m'explique le barman des *Embruns*, rassemblés
ici en structure interclubs pour éviter qu'ils ne
s'exilent à Brest : « C'est pas le plus beau plan d'eau
de Bretagne-Nord, peut-être ? »

Allons ! Les mêmes rêves toujours enfièvrent cette
baie, les mêmes rivages produisent les mêmes marins.
Jean, Hervé, François, Pierre Le Noan, les quatre
frères qui pour moi étaient les princes noirs de Térénez, l'hiver, ne sont plus là, Jean, Hervé et François
hélas décédés, Pierre pilote à Roscoff, je crois. Les
bateaux noirs de la famille mouillent maintenant au
Diben, mais leurs fils tiennent le cap, Gilles, dit le
Sheriff, et Bernard sont reconnus par tous comme les
meilleurs pêcheurs de la baie – durs au travail comme
tous les Noan, cela va de soi, on serait déçus autrement, mais les meilleurs. Et n'imaginez pas que le
temps des traîne-savates, des rêveurs chimériques,
des chercheurs de trésor s'en est allé, à jamais

révolu ! À Carantec, Guy Derriennic, plongeur professionnel, retour de fructueuses expéditions sur les côtes du Maroc et à Conakry, étudie de près l'aventure du neveu de Cornic coulé jadis au large de Timor, les cales bourrées d'or – mais se fait très discret sur l'avancée de ses recherches, car un autre Morlaisien dont il me tait le nom serait également sur l'affaire, ce qui l'inquiète un peu. Mais qui dit « trésor » par ici pense aussitôt à Jacques Branellec, le vagabond milliardaire, parti à l'âge de vingt ans de Saint-Pol-de-Léon avec mille francs en poche pour traverser l'Amérique, à pied, jusqu'au Grand Nord, et qui, après diverses tribulations en Polynésie, a fait fortune dans l'élevage de perles, au large de Bornéo, dans une zone infestée de pirates armés jusqu'aux dents, avant de découvrir, par quarante mètres de fond, une jonque chinoise du XIVᵉ siècle chargée de cinq mille pièces rares, des jarres des dynasties Yuan et Ming, des boîtes à médecine en porcelaine, des vases et des pièces de monnaie – une folle aventure menée avec un autre plongeur morlaisien, Réginald Massot, sous la protection de deux cents hommes en armes... Combien de coureurs de chimères s'activent alentour à des projets semblables ? Daniel Andrieu dessine un kayak de huit mètres pour Matthieu Morverand, qui, après sa traversée de l'Atlantique New York-Brest, en quatre-vingt-trois jours, il y a deux ans, prépare un autre raid, plus audacieux encore, entre Islande et Groenland, par le cap Farewell, le Horn de l'hémisphère Nord – près de trois mille kilomètres en se faufilant entre les glaces. Et samedi dernier la Société des régates de Térénez faisait fête à Ewen Le Clech, le fils de René, qui prépare avec Loïk Gallon la Transat Lorient-Saint-Barth, avant de s'aligner, si tout va bien, au départ de la prochaine course du *Figaro*. Ewen a les dents longues, et une belle santé, mais s'il se presse tant, peut-être est-ce aussi parce que son cousin, Yannick, international sur Optimist, le talonne déjà, qui ne pense qu'au jour où il bouclera son premier tour du monde...

Les pierres peuvent s'effondrer, retourner à la ruine, rien n'est perdu tant que persiste le rêve – et que des moussaillons dévoreront des yeux leurs champions d'aînés, retour de quelque course, au loin. Pour que dans quarante ans on entende au comptoir des *Embruns*, ou ailleurs, une voix éraillée chanter la course dantesque de la *Cifraline*, le mistral soufflant à deux cents nœuds, des creux de vingt mètres, tous les autres bateaux réduits à l'état d'allumettes sur le rivage et Vadius ivre mort surfant, surfant encore, sur les grandes déferlantes. « En ce temps-là, sûr, les gars, ici, c'étaient des durs... »

3

Ce n'est pas tant la mer qui se retire, dirait-on, qu'un monde qui sort des abysses devant nous. Crêtes, abrupts, canyons tout à coup révélés, des lacs se devinent sous les ondoiements des laminaires, les longs cheveux des sargasses se renversent, noyés dans les herbiers, au fil des eaux fuyantes, des grottes s'ouvrent, où remuent des présences indistinctes – et sous les thalles bruns des algues d'Hyperborée agitées par la brise, à l'entrée des gorges sombres, encore enfoncées sous les eaux, se devinent parfois, furtifs, l'or vif d'une éponge axinelle, les flamboiements des palmarias, l'éclat vert clair d'une anémone : les marches d'un autre monde, pour le reste interdit, qui monte devant moi, et s'entrouvre, où je m'aventure à chaque fois le cœur battant, entre effroi et émerveillement...

Les flèches d'Annomer, de Mannou, du Men Meur, les masses rouge et vert de la Chambre, d'Ar Men, de l'île Noire, si banales ce matin, rassurantes, voilà qu'elles se dressent maintenant, sur leurs amas de roches, comme des tours de guet. Est-il vraiment besoin de recherches savantes sur les origines brittoniques, norses ou scandinaves de notre mythe breton de la ville engloutie ? Peut-être a-t-il suffi à nos premiers ancêtres, et pourquoi pas ici, au cairn de Barnénez, face à la baie ouverte, de vivre une grande marée, de voir la mer, un jour, ôter ainsi les voiles de ses trésors, pour qu'un rêve les prenne, et naisse autour des feux l'histoire fabuleuse des premiers âges du monde. La mer, ce n'était donc pas seulement cet horizon, cette promesse, et ces flots si semblables ; ce n'était pas seulement le fracas de tempêtes, la mort rôdant la nuit, dans les écharpes de brume et les clameurs des vagues – ce pouvait être aussi ces royaumes devinés. Oui, là-bas, au creux des vagues vertes, au plus profond des criques et des failles profondes, à n'en pas douter, se cachaient des trésors, des salles merveilleuses aux princesses endormies qui s'éveillaient, parfois, à certaines mi-nuits, des coffres remplis d'or, des trésors engloutis. Au secret des grottes, dans les entrailles de l'océan, d'où procède toute vie, se poursuivait en silence la lente germination des métaux, et des roches, orichalques, lazulites éclosaient telles des fleurs aux parois des à-pics, dont les sirènes, parfois, faisaient offrande aux audacieux, et dans les algues chantonnaient les fées Morgane, gracieuses – qui osera demain les suivre en leurs villes englouties ?

Dans un film de Minnelli qui m'est cher entre tous, *Brigadoon*, le héros découvre par hasard, voyageant en Écosse, que revient chaque siècle, pour seulement quelques heures, un village enchanté accordé aux rêves de tous les Highlanders – et pour l'amour d'une belle, laissant là notre monde, il choisira d'y vivre à jamais. Nous aussi, nous avons notre Brigadoon, où renaître et nous reconnaître, notre royaume fortuné, hors du temps de l'Histoire – mais plus chanceux sans doute qu'en Écosse, il nous revient, à nous, à chaque grande marée...

J'ai laissé mon petit *Nostromo* s'échouer dans une crique, derrière l'île Stérec. Karo, l'île Blanche, le château du Taureau sont comme à portée de main, et, derrière la tourelle de la Chambre, entre île de Sable et île aux Dames, la prairie de sargasses où j'ai fait cet été quelques-unes de mes plus belles pêches de bouquets. L'eau se retire doucement, en chuintant contre la coque. Les dernières grappes de fucus, les laminaires, les zostères vert sombre émergent des profondeurs en frissonnant. Une odeur lourde, presque séminale, d'iode et de goémon brassé, m'enveloppe peu à peu, malgré le froid – sous cette profusion végétale déployée devant moi en forêts, en prairies, en taillis hérissés, grouille, invisible, une vie formidable. Ce coin de la baie de Morlaix est d'abord un ventre, pour des milliers d'espèces, le lieu des naissances et des métamorphoses. Cette eau, si claire tout à l'heure sur le sable, voilà qu'elle prend dans l'effervescence végétale des airs de soupe nourricière. Et rien, rien autour de moi, que l'espace grand ouvert, la mer, au ras du ciel immense...

Le silence est tel que le moindre frisson de l'eau, le moindre effleurement d'oiseau résonne à des milles. Seul ? On le croit un instant, jusqu'à ce que l'éclat blanc d'une aigrette entre deux amas de rochers vous fasse tressaillir, ou l'allure pressée, à la frontière des sargasses, d'un, de deux, de dix huîtriers-pies. Sans gestes inutiles, je saisis mes jumelles, explore les alentours, et c'est une armée que je découvre, arrivée sans que j'y prenne garde, presque invisible à qui ne la cherche pas. Grèbes huppées à crête noir et roux, courlis, aigrettes, hérons bleus, à l'écart, chevaliers à long bec, bernaches s'activent en un ballet réglé, fouillent sous les algues, grattent, guettent, piquent, gobent crabes, vers, alevins. Des cormorans noirs, un peu plus loin, plongent avec une régularité de métronome. Une mouette, solitaire, sur les hauteurs, observe toute cette agitation : le petit peuple de la baie commence, lui aussi, sa marée...

Un vacarme, au loin, un brusque effroi d'oiseau, et puis plus rien. Une chute, une ancre mouillée trop vite ? Yves de Kericuff, peut-être, qui prend ses marques derrière l'île aux Dames – ou alors le docteur Vincent, déjà dans son coin des cloches du Beg Lemm, qu'il défend avec des regards si furieux que nul, depuis longtemps, ne le lui dispute. Un bruit de piétinement encore, en eau profonde, et puis revient le silence, écrasant.

Une mouette tournoie dans le ciel. Des nuages glissent vers les Roches Jaunes, s'effilochent en écharpes. Je ferme les yeux. Oui, ce devait être ainsi, au premier jour de la création. Le silence de la mer monte vers moi, énorme, et c'est comme si un autre monde, plus vaste, plus ancien, venait à ma rencontre, un monde qui envelopperait le nôtre comme un poing serre une noix, comme le ciel et la mer enveloppent un navire. Oui, *quelque chose* vient, un souffle puissant, tranquille, qui emplit tout l'espace, et passe à travers moi. Sensation aiguë, tout à coup, qu'oublié le poids de l'ici-bas *je ne fais plus obstacle*.

Pourquoi, dans le fond, partons-nous ? Pour voir ce que nous ne savons plus regarder. Pour une fraîcheur nouvelle, et triompher, ne serait-ce qu'une minute, une seconde, de l'ordinaire des jours, de l'usure des choses, du poids des habitudes, de tout ce qui, jour après jour, efface le monde autour de nous, nous rend indifférents. On nous l'a tant répété, que nous n'étions que des pantins aveugles, produits de nos contextes ! Et pourtant nous partons. Changer d'idées, changer de peau, et que, nos « contextes » oubliés, ne serait-ce qu'un instant, une fraction d'éternité, le monde nous soit donné de nouveau dans sa fraîcheur première, dans son étrangeté – et avec lui notre regard. Ici, dans cette baie qui m'a vu naître, dont chaque pouce m'est familier, il suffit que la mer se retire pour que tout change, bascule, surgisse un nouveau monde. Mystère de ce lieu, que je ne cesserai probablement jamais d'interroger, de m'y éprouver ainsi au plus près de moi, en même temps qu'au plus loin – en lisière du Dehors...

Des éclats de voix, vers Barnénez, m'arrachent à ma rêverie. Allez ! le temps est venu. Je m'enfouis dans ma vareuse et mon bonnet, saute à terre. Un huîtrier, à trois pas, ne lève même pas la tête. Une risée de nordet griffe les eaux grises, me cingle le visage. J'escalade la grève, le tohu-bohu de rochers, entre Stérec et Karo. De l'autre côté du bras de mer, une longue ligne de bassiers dévalent l'étroit sentier de prunelliers et d'épines, à flanc de collines, depuis les hauts de Barnénez. Une cohorte de gueux sortis, dirait-on, de quelque Moyen Âge fabuleux, aux têtes hirsutes enfoncées dans des bonnets, vêtus de haillons, de vieilles vareuses, de combinaisons fatiguées, brandissant crocs, pelles et râteaux avec à la taille des sacs et des *boutecs* d'osier pour rapporter tout à l'heure leur prodigieux butin. Les plus impatients sont déjà dans la grève, attendant le passage. Vers l'île Noire, des silhouettes sombres s'agitent autour des chalands échoués sur les parcs à huîtres. Un optimiste en short et espadrilles, malgré le froid coupant, campe devant le bras de mer qui s'assèche à vue d'œil, un énorme haveneau à la main. Les bouquets depuis un moment se sont retirés au large, où on les pêche au casier, mais, bah ! il se rattrapera au retour sur les coques, les moules ou les huîtres échappées des parcs. Les plus hardis se risquent déjà dans l'eau jusqu'à mi-jambe et passent, avec l'énergie impatiente des chercheurs d'or, jadis, sur la frontière, qui luttaient de vitesse pour marquer leurs « claims »...

La grande marée ! Plus qu'un passe-temps, ici, ou une habitude : un rituel, sacré, auquel nul n'imagine de manquer sans motifs gravissimes, aussi n'est-il pas rare, au plus fort de la saison d'été, de trouver portes closes aux magasins du centre-ville avec pour excuse, sur la vitrine, un laconique « fermé pour cause de grande marée » – manière de souligner qu'il y a le secondaire, la vie de tous les jours, le travail, les affaires, et puis ce qui compte vraiment, où l'on retrouve son âme et communie avec plus grand que soi : la marée. Les bassiers ne sont pas des causeux, c'est affaire entendue, et de pousser un haveneau dans un herbier ne laisse guère le loisir d'effusions, mais nous nous connaissons tous, à force de nous croiser, et, lorsque à la marée de juin tel ou tel manque à l'appel, c'est qu'il a dû arriver malheur – car pêcheur à pied on reste jusqu'à la mort.

Je n'ai pas toujours considéré la grève de Tréourhen avec la bienveillance attendrie de ces dernières années. Qu'elle soit la huitième merveille du monde ne se discute pas, mais il fut un temps où je posais parfois sur elle le regard d'un esclave sur son champ de coton. Les autres gamins, eux, avaient le droit de jouer, quand, rentré de l'école, je n'avais d'autre choix que de traîner jusqu'à la grève un seau plus grand que moi à remplir d'urgence de bigorneaux, ou de remonter d'énormes brouettées de goémon, aussitôt englouties dans notre insatiable jardin. Combien de tonnes ai-je ainsi pu arracher à ce mouchoir de poche entre Pen an Dour et Tréourhen ? En est-il un seul, de ces cailloux, que je n'ai pas soulevés au moins une fois ? Le premier bigorneau tombait au fond du seau avec un bruit désolé qui me laissait longtemps anéanti. Jamais, non, jamais ce seau ne serait plein ! Les rires qui fusaient, là-haut, au petit Cosquer, me piquaient au vif. Je serrais les poings. Un jour, moi aussi, je serai grand ! Un jour, oui, je m'en irai, et jamais plus, alors, ces bigorneaux maudits, ces montagnes de goémon...

Malgré mes états d'âme, je devins rapidement un redoutable spécialiste, capable d'un seul coup d'œil de repérer les bons filons, la coulée d'algues vertes, les cailloux prometteurs, les replis de goémon giboyeux – par la plus simple des méthodes : en suivant pas à pas le meilleur des coureurs de grève de l'époque (par contre, s'agissait-il de Charles an Héry ou du père Trévian ? Voilà que ma mémoire défaille). Toujours est-il que, furieux, celui-ci m'avait d'abord menacé, et même jeté des pierres – il est vrai que je lui collais aux chausses, et penchais même la tête par-dessus son bras pour observer comme il cueillait ses palourdes, d'un seul coup de cuiller – avant de soupirer, vaincu : « Je peux quand même pas écraser ta tête avec un caillou ! Ta mère, elle me gronderait ! » Et il m'avait laissé la place, par crainte, probablement, de céder à la tentation. Mais il n'empêche : c'était le travail, cela, mon chemin de croix presque quotidien, pour contribuer un peu à la marche de la maison. Rien à voir avec les grandes marées, et l'excitation qui s'emparait de Saint-Samson plusieurs jours à l'avance. Pas une maison, alors – mais les choses ont-elles changé depuis ? –,

qui ne suivait jour après jour l'évolution des coeffi-
cients dans l'Annuaire des marées, publié avec
l'autorisation du Service hydrologique de la marine,
en multipliant les spéculations sur la météorologie,
comme on sait capricieuse.

— Avec ce vent de sud-ouest, l'herbier de Térénez,
c'est encore foutu !

— Oui, mais si ça découvre assez, à Samson ça
devrait être bon pour les ormeaux...

— Tes bouquets, tu vas les retrouver sous le goémon, au Fort, faut prévoir un haveneau rond, m'est
avis !

Paul ou Olivier, de Ti Louzou, revenaient de la
forge de Kermébel avec de formidables crochets à
ormeaux, au bout recourbé mais plat, pour mieux
décoller la bête de son rocher, ou bien se bricolaient
dans une de leurs crèches des crocs à homards. Les
yeux brillants, je suivais leurs préparatifs, dignes
d'Indiens sur le sentier de la guerre, et comment ils
sortaient de l'eau, où elles trempaient depuis une
semaine, de solides branches d'aulne, dépouillées de
leur écorce, pour les durcir au feu avant de fixer un
gros hameçon à l'une de leur extrémité, au moyen
d'un nœud jambe de chien. Un jour, moi aussi, je
pourrai les accompagner !

— Mais *potic*, t'es trop petit, encore ! Tu te noierais,
dans les trous du Fort !

Trop petit... Ça ne finirait donc jamais ?

Je rongeai mon frein en me perfectionnant dans
l'art subtil de la palourde. Charles an Héry parti, je
me rabattis sur les femmes de Térénez, toutes répu-
tées de furieuses gratteuses – et des commères à la
langue acérée. La mère Noan, d'un seul regard, me
repoussa au large, un regard noir, comme ses vête-

ments serrés. Il est vrai qu'elle avait le caractère trempé d'un marin-pêcheur, et s'entendait à faire marcher au pas ses gaillards de fils – n'était-elle pas une gloire locale, la première femme pilote de remorqueur de France? Une brave femme, probablement, rude et courageuse, mais qui me glaça les sangs ce jour-là, et que je pris soin, ensuite, d'éviter. Mon initiatrice, en fin de compte, fut la mère Le Gros. Dont le rire, pourtant, faillit me faire disparaître sous terre, la première fois.

– Fais voir, dans ton *boutec*? Mais, mon pauvre petit, c'est rien que des pissouses!

Des pissouses. Des fausses palourdes. *Tapes pullastra*. Ou même *Tapes aureus*. De celles, jaunâtres, à la chair vulgaire, que ramasse d'ordinaire le touriste. Autant dire que je démarrais au bas de l'échelle. Fort heureusement, je savais le point faible de la gaillarde, et je réussis à glisser dans la conversation, d'un air innocent, quelques informations sur la vie trépidante de Saint-Samson.

– Soaz est montée voir Janine Larhantec, tu dis? Et elles sont restées parler plus d'une heure? Oh! la la!... Je me disais bien qu'entre Henri et Janine... Hein? Qu'est-ce que tu dis? Mais non! Là, tu vois, quand tu as de petits sillons, comme ça, avec un peu de vase. Faut de la roche à côté... Mais celui-ci est aveugle! Tu vois pas, là, les deux trous, dans le sable?

Je ne voyais rien. Elle, en deux coups rapides de son grattoir:

– C'est pas une vraie, ça, de palourde?

Mais on voyait bien qu'elle avait l'esprit ailleurs.

– Quoi? Cécile a pris le car avec Olivier? Et Jean Jaouen (Jean était le chauffeur du car Mérer) qui ne m'a rien dit... Ça... J'ai toujours dit que ça finirait par un mariage!

Et c'est ainsi que j'appris à repérer ces deux fameux petits trous, supposés toujours semblables et toujours différents, sinon invisibles au profane, à distinguer la *Tapes pullastra*, au sphincter exubérant mais à la chair médiocre, de la vraie, de l'unique, de la royale *Tapes decussatus* – en vendant peu à peu tout le hameau de Saint-Samson, et en improvisant même à l'occasion quelques variations hardies qui à tout coup la plongeaient dans des spéculations sans fin. La mère Le Gros, sans conteste la plus vertigineuse commère de la région, était aussi la plus crédule, et prenait toutes mes révélations pour argent comptant. Mais quelle fierté, au bout de deux ou trois mois, lorsqu'en fin de marée des regards appréciateurs se posaient sur mon panier, accompagnés de hochements de tête : je rentrais à Tréourhen en bombant le torse, et le cœur battant, comme si je venais de franchir un mystérieux passage, reconnu désormais comme membre à part entière de l'ordre des coureurs de grève.

Il y eut les lançons pêchés en groupe, garçons et filles, dans les nuits tièdes de l'été, à la basse mer, au sortir de Térénez, leurs éclairs argentés fuyant sous la pelle ou le râteau, les émois complices dans les chemins creux, au retour, et le plaisir vorace de la première friture – « D'abord, on crie que c'est sublime, résume excellemment Yvon Le Vaillant, le lendemain on marmonne que, ouais, c'est pas mauvais, et la troisième fois ça part directement à la poubelle. » Il y eut les coques, ensuite, si mal appréciées parce que trop abondantes, au goût si fin, ratissées sans retenue au pied de Stérec ou simplement ramassées à la main, à demi sorties de la vase, au fond du port, près du poulier de Kernéléhen. Les praires, plus rares, pêchées à la fourche dans le courant à la sortie de Térénez, du côté de Barnénez, ou au pied des rochers, surtout en hiver et au printemps, quand elles sortent presque entières du sable. Les bulots, à partir de janvier, sur les amas de rochers qui prolongent l'herbier de Térénez, enfouis dans le sable, au jusant, mais facilement détectables par les grosses éponges où ils laissent leurs œufs, et qu'ils suivent au fil des courants – ou bien à la marée montante quand, à l'approche de l'eau, ils jaillissent du sable où ils s'étaient cachés. Il y eut les étrilles, crabes royaux, même si de petite taille, teigneux comme il n'est pas permis, capables de vous pincer encore par une torsion de ses pattes avant, quand vous le saisissez pourtant dans les règles, par le dos, nageur émérite, habile à vous filer entre les doigts, en se servant de ses pattes arrière comme de propulseurs, si vous le pêchez sous les rochers dans un courant d'eau de jusant – mais que ne ferait-on pas pour une chair aussi fine ? Quand j'eus droit, moi aussi, à mon crochet – un vieux tisonnier, bricolé à Ti Louzou –, je pus enfin traquer les plus gros spécimens dans les trous de rocher, au niveau des basses eaux, en les chatouillant pour qu'en un réflexe de défense ils bondissent sur l'engin et l'emprisonnent dans leurs pinces, et non en fourrageant à l'aveugle, comme un imbécile, au risque de les déchiqueter. Plus tard, j'appris à reconnaître les périodes de mue, et comme ils s'assemblent alors par couple dans une cache, l'un changeant de peau tandis que l'autre, resté dur pour protéger son compagnon, s'absorbe dans sa tâche de défense au point de se vider faute de s'alimenter. Il y eut les mactres, pêchées à la fourche au niveau des basses eaux, les plus gros coquillages de la baie, délicieux dès que passés au four avec un beurre d'ail. Il y eut les moules, un temps, sur les roches bleues du

Fort, hélas vite dévastées par les touristes. Et je n'évoque qu'en passant le modeste crabe vert, si commun, que personne ne regarde, sauf les vrais pêcheurs, lesquels ne conçoivent pas une soupe de poissons sans une ou deux poignées de ce délicieux compagnon, dit encore « crabe enragé » pour son humeur maussade et la frénésie de ses gesticulations. La liste, en vérité, serait interminable. Ainsi, explorant mon petit monde, je ne cessais de l'agrandir, au rythme de mes trouvailles.

Chaque mare, chaque cuvette révélée aux basses mers, bientôt, devint un univers. Comment, en des lieux si sauvages, battus par les tempêtes, des splendeurs si fragiles pouvaient-elles éclore – et des couleurs si vives, dans les ténèbres des grands fonds ? Les pédoncules vert tendre des jeunes himanthalias se mêlaient en couronne, au ras des eaux dormantes, aux mauves des coraux, sous le foisonnement des touffes de *liken* aux reflets bleus et des lames rouges des palmarias. Plus bas, entre les stripes des laminaires, se devinaient les arborescences orange du maërl, le cuir rouge, contre les parois, des mastocarpus, les violets vifs des corallines, les longs filets des cladophores, les feuilles vertes des ulvales – et, dans ce foisonnement prodigieux, comme de vivantes pierreries, les tapisseries éclatantes des éponges, les doigts tendus des gorgones mauves, les festons serrés des roses des mers, les étoiles jaunes et blanches des marguerites.

Le nez au ras de l'eau, je passais des heures à observer le tremblement vert-bleu des ascidies, les danses lentes des comatules aux jambes grêles et leurs étranges plumets orange, violets ou jaunes, ou les buissons noirs, dans les plis de la roche, des concombres de mer. Les cheveux verts des anémones flottaient doucement, les vibrilles roses des dahlias vibraient comme un sexe ouvert, et se contractaient soudain en un spasme violent, au passage d'une crevette, aussitôt avalée. Les tuyaux des annélides s'ouvraient tels des bouches béantes, d'où jaillissait parfois un panache multicolore. Des ophiures jaunes, blanches, roses, serrées comme en tapis, agitaient frénétiquement leur forêt de longues pattes, pour capter leurs minuscules proies. Une étoile de mer, obstinée, ouvrait de force une moule, projetait en un éclair son estomac entre les valves, gobait la chair du coquillage. Les concombres de mer suçaient goulûment, l'un après l'autre, leurs tentacules gluants. Une limace de mer orange, hérissée de nodosités bleues, glissait avec une grâce infinie entre deux éponges ocre, tournait sur elle-même, comme pour faire admirer, une dernière fois, ses sublimes couleurs, et disparaissait dans les profondeurs sombres. Je relevais la tête, l'horizon s'ouvrait jusqu'à l'immense, un goéland tournoyait très haut dans le ciel vide, derrière la barre des rochers bleus on entendait gronder le ressac de la mer.

À peine sorties à l'air, les algues arrachées aux parois se décomposaient en une masse grisâtre – et c'est ainsi que je compris un jour, le cœur battant, que leur végétation était celle des fonds qui ne se découvraient pas, que ces cuvettes profondes, au plus bas des gigantesques amoncellements du Fort, étaient comme un cadeau, un fragment de nos royaumes engloutis qui m'était offert par privilège, à moi, coureur de grèves...

Mais les coques, les praires et les palourdes, c'était bon pour les femmes, les retraités et les gamins, sans même parler des couteaux volontiers laissés aux émois gastronomiques des touristes : les choses sérieuses commençaient là-bas, dans l'eau jusqu'à la taille, à la plus basse mer. Un printemps, je pus enfin pousser à mon tour un haveneau (les Normands l'appellent « pousseux » mais nous disons, ici, « guidel ») dans l'herbier de Térénez – non pas l'étique toundra, la « terre gaste », que s'obstinent à racler, mélancoliques, les derniers irréductibles, envahie d'algues parasites, où n'errent plus guère que quelques crevettes égarées, ou alors chassées par leur groupe, condamnées au purgatoire, mais l'épaisse, la grasse prairie des zostères où grouillaient les crevettes, les galathées, et vers une pointe rocheuse, en avril, les petites araignées « moussettes », goûteuses, sucrées, à damner le plus ronchon des anachorètes.

Mon guidel ne fut pas sans être remarqué, qui tenait plus des armes de guerre du Moyen Âge que de l'outil de pêche. Il avait eu son heure de gloire au début du siècle, m'avait assuré la brave Mme Croissant à l'instant de m'en faire cadeau – mais alors une gloire de géant, car il m'avait fallu serrer les dents pour le soulever de terre. Charles an Héry avait éclaté de rire :

– Mah, *potic*, avec celui-là, s'il y a du vent, au moins, tu risques pas de t'envoler !

Jopic Quatpat', ainsi nommé pour une certaine douleur au dos qui l'obligeait à l'usage d'une canne, sauf aux jours de grande marée, me l'avait rendu, pensif, après l'avoir testé.

– En fonte, tout de même, ça aurait été plus léger...

Le pire, c'est qu'il avait raison. La discussion était vite devenue générale. De quoi était-il fait, au juste ? Se pouvait-il que quelque part, en un lointain pays, existât un bois exotique, à la densité prodigieuse, supérieure à celle du plomb ? Le mystère ne fut jamais éclairci. L'engin était deux fois grand comme moi, et large d'un mètre cinquante, son poids en rapprochait le maniement de celui des haltères, mais, bah ! c'était un guidel, et mon honneur était en jeu – aussi marée après marée, au bord de l'épuisement, je poussais ma monstrueuse enclume, et remontais tous les dix pas, d'un coup de reins qui aurait dû me laisser brisé, un bon mètre cube d'eau et d'algues mêlées – mais comment penser à la fatigue quand une douzaine de vigoureux bouquets, chacun gros comme le pouce, bondissent au fond de votre filet ? Et comment y penser au retour lorsque, l'estomac béant, vous vous précipitez vers la cuisine pour une petite collation, et dévorer céans le produit de votre pêche, avec pain beurre et cidre frais (je ne vais pas ici entrer dans les détails, mais le lecteur doit soupçonner déjà qu'il y a cidre et cidre) – vos précieux bouquets non pas cuits à l'eau, où leur saveur se dilue, mais sautés à la poêle (si vous n'avez pas de wok chinois) avec ail, ciboule et, détail essentiel, deux ou trois lamelles de racine de gingembre, puis saupoudrés à l'instant de servir de quelques pincées de gros sel ? Ensuite... Ensuite ne vous restait plus, l'esprit empli d'une douce bienveillance, qu'à contempler la mer, envahissant peu à peu la baie – j'imagine que Gengis Khan, repu, au soir de ses victoires, ne contemplait pas les restes fumants de ses champs de bataille avec béatitude plus grande...

Me restait encore une étape à franchir : le crochet à la main, dans l'eau jusqu'à la poitrine, à la quête fiévreuse de l'ormeau, du homard et du congre. Vers le Crapaud et les Roches Jaunes, au large de Saint-

Samson, dans les écroulements énormes de rochers battus et rebattus par les vagues. Plus rien, des douceurs apaisées des criques et des herbiers, ici, mais le large grand ouvert, la mer en sa violence nue. Dans des profondeurs invisibles, dans les trous explorés à tâtons remuaient des présences inquiétantes. L'odeur puissante des laminaires brassées par la houle nous montait à la tête, une exultation sauvage nous soulevait, quand sous les doigts se devinait l'ormeau, aussitôt décollé d'un mouvement preste du crochet. Enfin j'étais admis dans le cercle des hommes! Olivier, Job, Paul, devant moi, dansaient presque dans la houle, au risque d'être emportés, et mon cœur battait plus vite, de pressentir une menace, diffuse, autour de nous.

Des cris, de colère et de douleur mêlés, un bouillonnement sauvage, Olivier, le visage convulsé, les yeux fous, tisonnait les eaux sombres – quelque chose, dans les profondeurs, se débattait furieusement : les cheveux dressés presque sur la tête, au bord de la nausée, j'assistais à mon premier combat contre un congre géant. Paul était accouru, en brandissant une gaffe que d'un seul mouvement il avait plongé dans le ventre de la bête. La main gauche d'Olivier avait jailli de l'eau dégouttante de sang, toute la peau arrachée, et j'avais compris que l'agresseur n'était pas celui que j'avais cru, et que le congre depuis le début le mordait cruellement...

Le combat pour autant n'était pas fini. À l'instant que Paul croyait la sortir de son trou, inerte, la bête s'était détendue comme un ressort, lui arrachant la gaffe des mains, et le manche de l'arme voltigeait hors de l'eau au rythme de ses convulsions. Olivier hurlait, en se tenant la main, Job, René hurlaient, et non loin de là François Hervé, toute la grève n'était qu'une clameur épouvantée. Paul, criant à l'unisson,

avait plongé dans les bouillons furieux pour ressortir
ruisselant, serrant le congre entre ses bras, et dans un
arrachement sauvage, le brandissant hors de l'eau, lui
avait fracassé la tête contre un rocher, avait frappé,
frappé encore avec des ahans de bûcheron, jusqu'à le
réduire en une bouillie sanglante – et la bête, pourtant, remuait toujours, se cambrait avant de se
détendre, comme un fouet. Enfin, après un temps
interminable, ses ressauts avaient diminué de violence et Paul, épuisé, s'était effondré sur l'animal
vaincu en le serrant toujours entre ses bras, comme
effrayé par la vague de fureur sauvage qui l'avait
emporté. Le congre faisait plus de deux mètres, et
j'avais frissonné de dégoût et de peur devant sa
gueule ouverte, broyée, ses mâchoires de requin où
adhéraient encore des lambeaux de chair.

Quelques semaines plus tôt, notre professeur nous
avait fait une lecture passablement exaltée du
combat de Gilliatt contre la pieuvre géante, et j'avais
encore à la mémoire les phrases épiques de Hugo,
dans *Les Travailleurs de la mer* – n'était-ce pas à sa
répétition que je venais d'assister ? Récits et légendes
me revenaient en tumulte, de poulpes aux bras
gluants, naufrageurs de navires, de noyés aux chairs
bleuies dérivant, les yeux vides. Des algues près de
moi serraient comme des lianes bras et jambes des
pêcheurs, qu'elles tiraient vers les gouffres, des
monstres visqueux, sans plus d'yeux ni de formes,
flottaient entre deux eaux, une bouche d'ombre
s'ouvrait, horrible, au creux des vagues bleues...

Je refluais vers le rivage, l'esprit quelque peu en
déroute, quand Job m'avait appelé à lui. Une
pieuvre ! Il venait de piquer une pieuvre au fond d'un
trou. « Et une belle ! » riait-il. Tout juste avais-je
entendu, à travers un brouillard d'épouvante, ses

explications et conseils, comment il fallait d'abord la pousser très fort contre la paroi du fond, puis relâcher soudainement sa pression pour que l'animal, surpris, jaillisse tout seul du trou, qu'il la sortait déjà de l'eau, et la brandissait avec un rire barbare, ses tentacules enroulés tout le long de son bras, jusqu'à l'épaule. Sa tête, énorme, ses yeux glauques... j'aurais juré qu'elle me regardait, dans un dernier défi, tandis que Job plongeait sa main gauche sous sa poche, pour la retourner comme un gant, avant de l'éviscérer, vivante encore. Je l'avais entendu crier : « Bon Dieu, elle doit bien faire un mètre cinquante ! » — mais je me hâtais déjà vers la grève, où retrouver des eaux plus calmes...

Il n'y a plus guère de pieuvres depuis le terrible gel de l'hiver 62, et je ne traque plus le congre, mais je garde en mémoire les détails de cette journée — comme si, dans cet affrontement sauvage, m'avait été révélée l'énigme même de la mer : qu'en elle effrois et merveilles s'échangent continûment, se répondent, se confondent. Trésor caché, origine de toute vie, n'est-elle pas la jeunesse du monde, sans cesse recommencée ? Et sépulcre, pourtant, gouffre noir, menace, puissance de destruction. Ici, plus de formes, dirait-on, rien de stable, mais des tumultes, des tourbillons d'énergie où sans cesse se mêlent création et destruction — une force, indifférente, aveugle, qui nous brasse et nous broie, et nous crée, où nous nous reconnaissons, peut-être. Énigme, que nous pressentons celle-là même de la création, la mer ne nous est-elle pas aussi un miroir, où apprendre à lire nos espaces intérieurs ? Cette « âme immense », si chère au grand Hugo, où se lient et s'épousent l'infini des abysses et celui du ciel, ce « gouffre obscur qu'effleure le goéland » ne nous fascinent, nous épou-

vantent et appellent que parce qu'en eux notre âme se
retrouve parfois – et se découvre. Qui revient célé-
brer, année après année, le rituel de la grande marée
ne ferait jamais, en somme, que retrouver et explorer
son âme, en son mystère et ses puissances. De là,
dans doute, qu'il prenne si vite feu, lorsque l'on vient,
sous le prétexte de santé publique, lui contester ce
droit.

– Autant interdire la messe !
Jean Guisnel, journaliste à Paris, est surtout, ici, un
bassier émérite. Jopic avait ricané que ça serait moins
pire, « vu que les laïcs, alors, ils s'en foutraient ! ».
Yannick, jusque-là silencieux, avait explosé :
– Nom de Dieu ! Ils vont l'avoir la guerre, moi je
te le dis !
Et son poing, de la taille d'un jambon, s'était
abattu sur le comptoir, qui avait gémi.
Toute la salle des *Embruns*, rendez-vous des bassiers de Térénez, bruissait de colère, ce matin. Un
pied-tendre de passage, entré par inadvertance,
aurait sans doute reflué prudemment vers la porte,
persuadé d'avoir échappé de justesse à un « remake »
de *L'Auberge des Adrets* – tant ces faciès hirsutes,
rougeauds, enfoncés dans leurs vareuses, casquettes
ou bonnets, les yeux furieux brûlant au fond d'une
forêt de poils, suggéraient un colloque d'égorgeurs.
Et pourtant ce sont bien les êtres les plus doux de la
baie – enfin, *c'étaient*, car la révolte gronde et les
esprits s'échauffent depuis quelques semaines, au
point d'envisager des actions radicales. Ce n'était
jusqu'ici qu'une rumeur, généralement accueillie par
un haussement d'épaules, mais cette fois c'est offi-
ciel : ils ont osé. « Ils », ce sont bien sûr les tech-
nocrates de Bruxelles, ces crétins de bureaucrates,

ces peine-à-jouir, ces concentrés de jus de navet, ces...

– Dis, toi, Jopic, avait soupiré Yannick, à bout d'indignation. Moi, je ne peux plus.

Et de s'ingurgiter une rasade pour mammouth de son Lagavulin préféré. Jopic avait levé les bras au ciel, en geste d'impuissance, avant d'empoigner un verre à son tour.

« Ils », c'est Bruxelles, en effet, qui prétend interdire la pêche à pied sur les côtes de France en général, et de Bretagne en particulier. Avec une rare hypocrisie – sous le prétexte, comme toujours, de santé – en classant les eaux côtières en quatre zones : A si microbiologiquement très saines, B si seulement moyennes, C si médiocres et D si très mauvaises. Jusque-là rien à dire, non plus qu'à l'obligation faite aux professionnels, en zone B, de ne commercialiser moules, huîtres, coques et palourdes qu'après passage dans un bassin de purification. Ce qui fait sauter le couvercle, c'est que quelque part, dans un bureau, un jeune connard à cravate et attaché-case, une de ces brillantes élites qui se revendiqueraient probablement de ce que l'ineffable Alain Minc appelle « le cercle de la raison » – pour se distinguer, cela va de soi, des autres, du vulgaire, du peuple, de toutes ces brutes enténébrées qui vivent encore dans la superstition et l'ignorance, n'obéissent qu'à leurs pulsions aveugles, et parfois même se rebellent quand on ne veut pourtant que leur bien –, bref, un sinistre con n'a rien trouvé de mieux que de généraliser cette initiative à la pêche à pied. Pour l'interdire, du même coup, en zone B – puisque les particuliers, eux, ne disposent pas de bassins de purification.

– Tu peux me dire ce que ça peut leur faire, que je bouffe mes palourdes ?

— Paraît que ça risque de te flanquer une dysente-
rie.

— Une quoi ?

— Ben, la chiasse...

Silence pensif.

— Et tu veux me faire croire que quelqu'un a
pondu une loi pour des fois que je risquerais d'attraper...

— Ouais. Et avec une amende de trois mille balles
à la clé, même...

Gros soupir de Yannick, incrédule. Y a-t-il, ici,
quelqu'un qui s'est jamais trouvé « dérangé », au
retour d'une marée ? Haussements d'épaules dans
l'assemblée.

— Bon Dieu, ils nous ont fabriqué une vie de
merde, ces mecs, ils nous font bouffer des produits de
merde, et en plus ils veulent nous enlever... nous
enlever ça ! Mais faut les tuer tous, tout de suite !

Depuis une quinzaine, dans la presse, ce ne sont
que protestations, quolibets, apostrophes, descentes
de maires en écharpe dans les grèves, dégustation
d'huîtres sauvages devant les caméras, communica-
tions des préfets, grèves de la faim, pétitions. Le
ministère de la Santé a fini par publier un communiqué embarrassé, d'où il ressort qu'il s'agit surtout de
protéger le touriste, l'intestin breton étant depuis
longtemps immunisé.

— Ouais, eh bien, ils n'ont qu'à l'interdire aux touristes, la pêche !

Minute de rêverie. Ce n'est pas qu'on en ait parti-
culièrement après les touristes, mais l'idée de pêches
réservées aux autochtones, quand la ressource se
raréfie, ne peut que porter à l'imagination...

Depuis quinze jours, ce n'est partout qu'un cri :
Bruxelles ne passera pas ! Mais Bruxelles, vraiment ?

Il commence à se dire que la directive européenne date de... 91, et n'évoque pas la pêche à pied, que l'initiative est française, venue du ministère de la Santé, sinon de celui de l'Agriculture et des Pêches. C'est du moins ce que laissaient entendre, ce matin, *Ouest-France* et *Le Télégramme*. Et tout cela, à les en croire, pour persécuter encore un peu plus les quelques chômeurs ou RMIstes qui trouvent dans les grèves, en vendant trois palourdes, un soupçon de mieux-vivre – ceux-là, précisément, et non les trafiquants d'ormeaux à grande échelle, pour lesquels l'arsenal répressif est déjà suffisant.

Interdire les grandes marées ! Ce serait comme interdire, interdire... Yannick s'était gratté le crâne, en se tournant vers l'ami Jean...

– La messe, oui, mon gars. Juste ce que tu disais. Parce que, nous, on communie avec la mer !

Un vent aigre, coupant, prend toute la baie à rebrousse-poil, ébouriffe cirés et vareuses, mais nul ne paraît s'en soucier. Des gamins aux jambes bleuies grattent le gros sable de Stérec à la recherche de coques. N'ai-je pas été l'un d'eux, jadis ? Je veux leur dire de descendre plus bas, vers les parcs, où les coques sortent à demi de la vase, au bord des mares, et puis je me retiens : ils le découvriront bien tout seuls un jour, pourquoi les priver du plaisir de la découverte ? Des nuages mauves roulent dans le ciel, que traversent des cris de lumière incroyables. Les plus courageux sont déjà entre les rochers, dans l'eau glacée jusqu'à la taille, mais que ne ferait-on pas pour l'espoir d'un ormeau ? La mer n'est plus qu'un trait bleu-vert à l'horizon. Je grimpe sur les hauteurs, mes jumelles à la main. Pendant combien d'années ai-je travaillé sur ces parcs à huîtres, aux jours de congés scolaires, pour le compte de Jean Scornet ? C'était l'époque royale, alors, de la belon, élevée sur la vase et ramassée au râteau. Elle n'est plus aujourd'hui qu'un souvenir, décimée par un virus, remplacée par des gigas japonaises, qui poussent dans des treillages de plastique, sur des portants métalliques qu'envahissent les moules. Une autre époque... Très loin, vers l'île Noire, une douzaine de minuscules silhouettes chargent des chalands. Encore quelques pas à travers les broussailles, et c'est toute la baie qui se découvre devant moi, l'entrelacs des îlots, jusqu'au Beg Lemm, Callot, presque à toucher Carantec, la côte trégorroise jusqu'à la pointe Annalouesten. L'air est si vif, si clair, en cet instant, que je distingue à l'œil nu les silhouettes, là-bas, des chercheurs d'ormeaux – là même où jadis nous les ramassions par douzaines...

Mes royaumes.

Que cherchent-ils tous, pour braver ainsi le froid, demain le vent, ou la pluie ? Quelques crevettes, quelques praires de plus ? Allons donc ! Quelque chose pour chacun de bien plus essentiel et de mystérieux, qui les a faits ce qu'ils sont, et seront à jamais. Quelque chose qui, depuis, ne cesse de les appeler.

Leur âme, tout simplement.

Demain, je serai moi aussi aux Roches Jaunes, un crochet à la main.

4

Elle s'avance à fleur d'eau, dans un tournoiement de mouettes et de fulmars, glisse sous les vagues en furie, telle une ombre, et meurt sur les galets en un énorme hoquet, que l'on dirait vomi des entrailles de la mer, roule, s'étale, englue sable et galets d'une épaisse couche sombre que déchiquettent déjà des nuées d'oiseaux, et son odeur puissante de ventre en gésine, brassée par les bourrasques, emplit toute la grève – la grande marée du goémon noir...

Un vent couleur de suie laboure la baie en hurlant, tord les vagues gris et vert, qu'il crête d'écume sale, et cogne à coups de masse le fond de l'anse de Tréourhen. Tout siffle, crie, pleure autour de moi, haies, buissons d'épines, bosquets de saules, courbés jusqu'au sol sous les rafales, et le grondement des grands arbres, sur les hauts du Cosquer, s'enfle en cris de bataille à vous figer les sangs. Le vent d'est têtu, sec comme un coup de trique, des derniers jours s'est enfui cette nuit, chassé par une dépression qui nous vient d'Amérique. « Un temps d'ours et de loup ! » exultait l'ami Doug, au téléphone : le Montana disparu, englouti sous la neige, toutes les conduites d'eau de Missoula éclatées, les chasse-

neige bloqués, perdus sous le grand manteau blanc,
ses gosses qui s'amusent à jeter en l'air des verres
d'eau chaude pour la voir se figer, et retomber en
cristaux de glace. Doc égrène les catastrophes d'un
air gourmand, comme d'autres des exploits à battre,
et rejoue en famille l'équipée de Jack London au
Klondyke : « Hier soir, avec les gosses, on a relu Ras-
mussen – cet après-midi, on descend à la prairie se
construire un igloo ! » Moins drôle, Jim Harrison se
serait cassé les deux jambes en tombant dans un puits
(j'apprendrais dix jours plus tard qu'il n'en est rien,
heureusement). Jacques et Charlène Gourguechon,
eux, crient au secours depuis Alexandria, Virginie.
Jacques, retour d'une folle expédition au Pamir,
croyait avoir tout vu – le voilà, pelle en main, qui
lutte pour sa survie, transformé, dès qu'il sort, en
bonhomme de neige. En Virginie ! Au pays des
magnolias géants et des robes à crinoline ! À croire
que la terre a silencieusement basculé, et que le pôle
s'est déplacé quelque part au-dessus du Midwest...

C'est le souffle de cette dépression qui nous arrive,
après avoir ravagé l'Atlantique, chargé de giboulées
furieuses de grésil. Ironie du sort : c'est elle qui
aujourd'hui nous protège de la neige, elle dont la violence a arrêté en frontière des Côtes-d'Armor le
manteau blanc qui couvre la Bretagne. Coup de fil,
ce matin, de la mère d'Éliane : Le Pré Heulin, notre
maison près de Rennes, est sous trente centimètres
de neige ! J'imagine le parc tout blanc, et les bras
ployés des grands chênes. Moi qui, plongé depuis des
jours dans Jack London, ne rêve que de neige,
d'étendues gelées, de grand silence blanc ! Patrick
Ewen, que les pluies du Mengleuz ont fini par dépri-
mer, part demain au Québec. Un appel de Normand
Génois, son copain de la Branche du Nord, sur la

Jacques Cartier, lui a embrasé l'imagination, et ses nuits, depuis, sont traversées par des galops de caribous, hantées par les longs hurlements des hordes de loups en chasse, bref, la fin de la semaine le verra raquettes aux pieds, « comme dans les romans de Curwood ». Moi, j'ai simplement droit à la tempête. Mais une vraie, d'hiver, grise et noire, mauvaise, qui ravage les hauts fonds, arrache les goémons de l'estran pour les jeter sur le rivage – avec, au passage, les bateaux imprudents restés sur leurs corps-morts d'été...

Une gifle me plaque contre ma voiture, qui me coupe le souffle. Ébène, oubliant dans l'instant le Labrador sauvage où naquirent ses ancêtres, exige de retourner au chaud et m'abandonne à mes rêveries. À peine ai-je le temps d'entrevoir Fanch Le Marrec, cramponné à son béret, qu'une bourrasque l'emporte par-delà les toits de Ti Louzou. Son canot d'hiver, amarré très haut, n'a pas grand-chose à craindre – et le *Lutin*, son superbe vieux gréement vert et noir, repose à l'abri du poulier de Kernéléhen – mais les deux canots métalliques des classes de mer de Saint-Samson dansent sur leurs corps-morts une gigue affolée, qui pourrait bien se terminer la nuit prochaine sur les cailloux de Tréourhen...

J'avance en crabe, plié en deux et le visage à demi tourné pour respirer de loin en loin. Le spectacle à la pointe du Fort est dantesque. Depuis les récifs de la pointe jusqu'aux Roches Jaunes, la mer bout comme du lait, sous un ciel bas et noir où s'entrechoquent les nuées. Des montagnes liquides arrivent du fond de l'horizon dans un grondement d'avalanche, explosent sur les lames de granit et fusent, en grandes gerbes d'écume qu'emportent les rafales. Seule, comme indifférente à cette agitation, la purée d'algues sortie du ventre de la mer continue d'avancer, en grandes nappes brunâtres, à l'abri très relatif des criques de Ti Louzou et Tréourhen. Il n'y a plus personne dehors, depuis longtemps. Les maisons de Saint-Samson font le gros dos, frileuses, sous les gifles de grésil. Il n'y a plus personne, que les vagues et le vent, et l'espace, à vif. Temps de chien. Temps de naufrage. Temps de pilleurs d'épaves.

À quelques pas de moi des tadornes et des oies dansent sur les vagues, se laissent emporter, puis reviennent sans effort apparent, d'un mouvement réglé comme un ballet, s'amusent dans les poussières d'embruns qui me mordent le visage. Une rafale soudaine prend par le travers un groupe de petits huîtriers-pies, ébouriffe leurs culottes blanches, et les fait rouler cul par-dessus tête dans le goémon. Les gamins se relèvent, étourdis, et reprennent aussitôt la pose, « pour voir ». En l'air, mouettes et fulmars tournoient, frénétiques. On les croit saoulés de coups, simples balles de ping-pong entre les rafales, précipités de l'un à l'autre, et voilà qu'ils s'échappent, montent vertigineusement, ou plongent au ras des vagues, pour rebondir, joyeux. La tempête, dirait-on en ces instants de grâce, est leur musique à eux, leur rock and roll, leur merengue, et point n'est besoin d'imagination, tant ils épousent le rythme des éléments, pour distinguer les roulements de la batterie, le martèlement des basses, le picking des guitares ou les stridences des cuivres...

La mer, à contrecœur, desserre peu à peu son étreinte, découvre les rochers de la grève, et la longue langue de sable couverte d'un tapis d'algues. Je jette un dernier coup d'œil alentour, par précaution, puis me déchausse, remonte mon pantalon, et malgré le froid glacial m'enfonce à pas prudents dans le goémon, piétine les fucus moelleux, aux reflets d'or, les ascophyllums revêches, les volutes glissantes des laminaires. Les yeux fermés, je respire à pleins poumons leurs odeurs fortes, poivrées. Et voilà que me reviennent les gestes, et la mémoire...

C'était un autre temps, bien sûr, un autre monde – et la grève, pour une pareille tempête, se serait trouvée noire de monde. Moins d'oiseaux qu'aujourd'hui, mais plus d'humains.

Un autre temps... Le vent, la nuit, s'engouffrait dans la cheminée de Tréourhen, faisait jaillir dans l'âtre des gerbes d'étincelles, avant de secouer sans ménagement les murs de la maison. Les arbres du Cosquer, là-haut, entonnaient une fois encore leur lamento funèbre. Le vent ! Je l'écoutais s'engouffrer dans la baie, par-dessus Barnénez, je l'écoutais venir du fond de la nuit, marcher autour de la maison, je guettais son pas lourd, hésitant, ses coups de poing contre la porte et les volets, son souffle haletant, juste derrière le mur – et puis il s'en allait dans un cri de dépit, pour revenir encore, et encore, et encore, chaque fois plus furieux. La mer, à deux pas, mâchait et remâchait les galets de la grève, et moi, blotti dans ma couette, j'écoutais dans un mélange d'effroi et de fascination cette sarabande, autour de la maison, de tous les démons de la création. Il y avait des monstres, là, dehors, qui déchiquetaient la côte à pleines dents, brisaient les arbres, enfonçaient les murailles, j'entendais leurs mastications épouvantables, leurs rires, leurs ébranlements de géants, la terre qui craquait sous leur poids. Quelque chose d'énorme avait fait irruption dans la cage du temps, qui s'effondrait pan après pan, et nous n'étions guère plus qu'une coquille de noix, emportée dans le tumulte...

Cette bacchanale infernale, pourtant, nous était aussi une promesse. Demain, au petit jour, les géants en allés nous laisseraient les miettes de leur festin. Je dressai l'oreille : oui, elles venaient du sud-ouest, cette fois, ces créatures des ténèbres, la moisson serait belle, au pied de la maison, et puis à Ti Louzou. Vents du nord auraient voulu dire ripailles sur la grande plage de Saint-Samson...

Je filais au petit jour, à travers le *rhun*. Un soleil pâle tirait des traînées de suie sous les nuages, l'air vibrait autour de moi, tout chiffonné encore, froissé comme au sortir d'une beuverie. Parfois, tout s'en était allé comme par magie, le ciel bleu dégagé, la mer apaisée prenaient des airs innocents qui ne trompaient personne, tant abondaient les traces de l'orgie de la nuit, arbres cassés, haies couchées, et puis, surtout, sur le rivage, l'énorme marée du goémon noir...

Le goémon ! Autant dire de l'or. Le meilleur des engrais, enfoui aussitôt que ramassé, ou sinon étalé sur les champs – à la différence des fucus coupés au printemps, celui-ci ne séchait pas. Un cadeau de la mer et du vent, vital pour chacun de nous, complément nécessaire d'un fumier trop rare.

Ils arrivaient déjà, les Deuff, les Prigent, les Mercier, silhouettes fantastiques dans le jour gris, hérissées de grands râteaux de bois ou de crocs, enfoncés dans d'énormes cirés, qui en cuissardes, qui les pieds nus pour plus d'agilité. Yeux froids, visages de pierre, sans un mot échangé, ils guettaient sur la grève le moment de l'attaque, et le grondement des vagues paraissait sortir de leurs gorges comme une menace. Plus rien, dans ces matins, de l'allégresse joyeuse des grandes marées, ou des coupes de printemps, mais la violence âpre des rapines, la fièvre froide des pillages. Ils se jetaient tous en avant, d'un coup, quand s'éteignait le phare de l'île Louët, ou sinon à l'étale de pleine mer, les *croc'h begin* levés. C'était chacun pour soi, dès lors, à coups de coude, à coups de croc, dans le ressac, pour se gagner un premier tas, sur les galets, aussitôt marqué d'une pierre, d'un béret, d'un bout de liège. Déjà, ils s'avançaient dans les vagues, le visage cinglé par les poussières d'embruns, lançaient crocs et râteaux le plus loin possible, tiraient au sec leur charge avec des râles de bûcherons et replongeaient aussitôt dans la mer déchaînée – jusqu'à ce que le reflux oblige à un autre tas, plus bas, aussi âprement disputé. Des trois frères Deuff, Olivier était le plus ardent. Pieds nus, il s'enfonçait dans l'eau jusqu'à la taille, ressortait les yeux fous, telle une bête des grands fonds, ruisselant de fucus et de laminaires. Quelques mètres encore, et la grève devenait plate, le ressac déferlait sur une trop large zone : les plus hardis, plutôt que de remonter toujours plus loin leurs prises, recommençaient un tas, dans les rouleaux, par plus d'un mètre de fond, qu'ils calaient sous leurs pieds. Olivier était toujours le plus avancé dans les vagues, lançant son râteau à bout de bras, dans les gifles du ressac qui l'enveloppaient d'écume, et l'on aurait dit alors qu'il marchait sur la crête des vagues. À peine le tas émergeait-il de l'eau qu'il se risquait plus loin, toujours plus loin, au risque d'être emporté. Mais le plus dur était encore à venir, après l'étale de basse mer. Trempé jusqu'aux os, transpercé par le vent, il fallait maintenant remonter ses prises, avant que la marée montante ne vienne les reprendre – et c'est alors que, retombée la frénésie du pillage, chaque geste devenait une souffrance, vous sentiez vos pieds gelés, vos doigts gourds, le froid vous serrer la poitrine. Le vieux René me bousculait :

– Ne reste pas là, donc! Ici c'est pas pour les enfants! Mah, celui-là va attraper du mal!

Je devais découvrir, plus tard, que certaines communes du Léon interdisaient aux enfants encore en période de croissance de se risquer ainsi dans les eaux froides pendant les récoltes de goémon de rive. Mais pour l'heure, je n'en avais cure : j'allais d'un tas à l'autre, fasciné par cet affrontement soudain, sauvage, ces épousailles étranges avec la tempête, presque ce viol. Les hommes, autour de moi, s'activaient avec des rictus féroces, les yeux fous, comme hors d'eux-mêmes. La mer arrivait sur eux, les reins brisés trouvaient un dernier ressaut pour remonter la dernière charge. La marée montait, qui effaçait tout, déjà elle étendait sur la grève son voile d'oubli, demain serait comme si rien ne s'était passé, les visages retrouveraient leurs sourires, les yeux redeviendraient clairs, oui, tout serait comme avant...

Sauf pour moi. Car demain m'attendait le tapis profond des goémons, serrés aux pieds de Tréourhen. Ceux-là, d'accès trop difficile par le chemin côtier, personne ne viendrait me les prendre. Ne me restait donc plus qu'à les hisser, brouette après brouette, jusqu'au jardin, après avoir escaladé le dévers des galets. Pour le maigre « salaire » de cinq centimes les dix brouettes, une grosse pièce blanche que j'ajoutais aux autres pour m'acheter un jour un Livre de poche à Plougasnou – étonnez-vous après si aujourd'hui encore je garde précieusement tous ces livres arrachés, l'un après l'autre, à la mer!

Tandis que je déplaçais ma montagne de goémon, aussitôt avalée par le jardin – et cela n'aurait jamais de fin, me disais-je, épuisé, cette terre était un puits, un ventre, là, sous mes pieds, il me semblait presque entendre l'infernale digestion, le lent travail de ger-

mination qui exploserait au printemps en légumes et
en fleurs, le long gémissement affamé, qui me répétait « encore plus, encore plus » –, je continuais de
voir ces visages, devant moi, ces yeux fous. Est-ce
cela, aussi, qui soude une communauté : ces silences,
le secret partagé de crimes inavouables ?

Ces visages, depuis, n'ont cessé de me hanter. Je
les ai revus, parfois, au sortir d'une course, hagards,
comme s'ils revenaient d'outre-monde, visages de
naufragés, visages de survivants. Et je me souviens
des longs soupirs d'Olivier, de ses silences, bien des
années plus tard, qui ne comprenait même plus comment il avait pu se battre ainsi, dans les vagues gla-
cées, pendant tant d'hivers. Je les revois, ces regards,
et leur mélange d'exultation sauvage, de fatigue et
d'effroi – d'effroi, oui, d'être descendu si loin dans la
souffrance, si loin au fond de soi, jusqu'à y découvrir,
peut-être, une violence, des tempêtes plus terribles
encore que celles de la mer.

Goémoniers, nous ne l'étions pas vraiment, sur
notre côte du Trégor, mais paysans, ou marins. Et
mon enfance avait été bercée d'histoires inquiétantes, d'êtres venus d'ailleurs, de tribus vivant sur la
mer, se déplaçant avec chevaux et charrettes dans
leurs bateaux noirs, d'hommes sombres et brutaux,
vêtus d'étranges armures, qui erraient d'île en île en
mangeant des oiseaux de mer. J'en avais fait peu à
peu un peuple formidable, de nomades de la mer, de
barbares rôdant aux portes de notre monde. Un jour,
assurait la légende, ils étaient venus, et leur escadre
de bateaux noirs, avec à leur bord leurs chevaux,
jusqu'à envahir l'île Callot. Et il avait fallu que toute
la côte léonarde, de Carantec à Saint-Pol, se dresse
pour les chasser – depuis, ils ne se risquaient guère

que jusqu'à l'île de Batz, mais la menace était toujours présente, des rumeurs couraient, invérifiables, on les avait vus aux Sept-Iles, à l'île Grande, sur le sillon de Talbert, des raids de pillards, les numéros de leurs bateaux masqués, le temps d'une marée, pour repartir en hâte, les cales pleines. « Des Japonais ! » grondaient les paysans, furieux, en les maudissant – mais je voyais bien qu'ils en avaient peur. Et j'imaginais d'immenses migrations, par la Sibérie, le Grand Nord, les mers scandinaves, de hordes aux peaux jaunes, aux yeux bridés, jusqu'à ce que je découvre, bien des années plus tard, que c'est un brave douanier de Carantec, impressionné par le raid des Japonais sur Port-Arthur, qui les avait ainsi nommés, dans un rapport un peu affolé, quand il les avait vus envahir la baie, en 1905, et jeter l'ancre à Callot. Mais ils venaient d'un autre monde, de cela au moins j'étais sûr – sans doute de ce pays deviné dans les yeux d'Olivier, et de quelques autres, certains matins d'hiver, sur la grève de Ti Louzou...

La vision fantastique de « brûleuses de varech à la pointe du Raz », découverte peu après dans une revue abandonnée là par Mme Croissant, qui présentait les tableaux les plus appréciés au Salon, à Paris, était à faire se dresser les cheveux sur les têtes. Ces fumées blafardes, jusqu'à l'horizon, au bord d'une falaise vertigineuse, ces palans prodigieux suspendus dans le vide, ces femmes tordues par l'effort, remontant leur goémon des profondeurs du gouffre – c'était, à n'en pas douter, un ballet de sorcières, ou les forges de l'enfer ! « Mah, celles-là ont de la chance, de pouvoir brûler leur goémon tout mouillé ! » s'était borné à constater René, toujours placide, quand je l'avais arraché à sa petite sieste, dans la prairie voisine, pour lui faire partager ma

découverte – et j'ai moi-même souri, passé le choc de
la surprise, le jour où je me suis retrouvé nez à nez
avec l'original, à l'occasion d'une exposition, au
musée des Jacobins de Morlaix, vers la fin des années
soixante-dix (un tableau de Clairin, présenté au Salon
de 1886), mais il était accordé assez exactement aux
pensées qui m'agitaient alors, aux visions qui me
firent partir, plus tard, à la recherche des goémoniers...

Un autre monde, vers le Léon, et ce pays Pagan
que l'on disait le territoire des naufrageurs. Là-bas,
chuchotait-on, ils portaient des habits étranges,
comme d'un âge plus ancien, ne mangeaient pas
comme nous et nous plantaient leurs *croc'h begin*
dans le dos sans cesser d'égrener leur chapelet. Ne se
chauffaient-ils pas au goémon ? Et même, préten-
daient certains – mais nul ne les croyait –, ils le pétris-
saient avec de la bouse de vache qu'ils faisaient
sécher contre leurs murs avant de le brûler. Les
mêmes n'ajoutaient-ils pas que même les vaches
n'étaient pas comme chez nous, qu'elles descendaient
dans les grèves, brouter du varech ? Jusqu'aux chevaux, à les en croire, qu'on nourrissait d'algues
séchées ! Les plus crédules protestaient – et pourquoi
pas en faire manger aux enfants, tant qu'ils y étaient ?
Et pourtant...
     Et pourtant c'était vrai. Et c'était bien un autre
monde. D'abers profonds, de dentelles de pierre, de
terres rases griffées de buissons maigres, passé Roscoff, entre Plounéour Trez et Porspoder. Presque pas
de ports, mais la surprise de petites criques, au
détour d'un chemin, abritant deux ou trois goémoniers. Ces étranges forêts de hautes perches, dans les
abris étroits, entre les éboulis de rocs, à Port Geof-

froy en Portsall, à Porspoder, auxquelles les bateaux, trop à l'étroit pour chasser sur un corps-mort, venaient s'amarrer, une perche à l'avant, une autre à l'arrière, ces longues théories de tas de pierres sur les dunes de Tréompan, les fours à soude partout sur le rivage, et ces tas de goémon, se découpant sur le ciel tels des géants assoupis, sous leurs manteaux de mottes et d'herbes. Et puis l'éblouissement de découvrir la longue suite des voiles brunes des « sloups » de Saint-Pabu remonter l'aber Benoît vent arrière, le ventre plein, glisser dans le silence du soir, comme des Rois mages en procession, puis disparaître dans un poudroiement d'or... Tout s'ordonnait, ici, aux cycles du goémon. Les vaches de l'île de Batz descendaient bien à la grève brouter les palmarias – une scène que je devais revoir bien des fois en Ecosse –, les chevaux, dans les périodes de pénurie, broutaient des algues séchées, et l'on en donnait également aux enfants – du *liken* bouilli avec du lait, qui se gélifiait en une sorte de flan. Et je tiens pour une chance d'avoir vu les derniers goémoniers, peut-être, en *kalabousenn*, ces cagoules sorties droit du Moyen Âge, qui leur enveloppaient la tête, et remontaient sur les épaules, avec leurs pantalons à pont et leurs énormes sabots cloutés – les derniers témoins d'un monde que nous ne comprenons même plus, tant y fut rude la peine des hommes...

Mais ce n'est rien encore : entre Plougerneau et Kerlouan je retrouvai mes « Japonais », ces goémoniers errants, devenus tels par la misère, quand la terre ne suffisait plus à nourrir des familles trop nombreuses. Qui écrira jamais cette épopée de la souffrance, quel Flaherty saura, comme pour les hommes d'Aran, rendre l'inconcevable dureté de leur existence, et sa splendeur sauvage ? Ils quittaient leur demeure début mars, dès que le temps le permettait, chargeaient – dans des sloups de six mètres ! – leurs chevaux, leurs charrettes, et tout le nécessaire pour plusieurs mois : vivres, vêtements, outils, jusqu'au bois de chauffage. Les « pigouilles » partaient vers l'archipel de Molène, Beniguet, Morgol, Litiry, Quéménès, Trielen, Balanec, Bannec, jusqu'au passage du Fromveur ; les « Japonais », eux, partaient vers l'est, Sieck, l'île de Batz, les Sept-Iles, et l'on se signait sur le rivage, lorsque passait la longue file des bateaux noirs, chargés à ras bord – les forçats de la mer, qui partaient pour l'enfer, en chantant des cantiques...

L'enfer, oui. Quelques ruines subsistent encore, sur ces îles, des cabanes où ils étaient supposés vivre pendant six mois : des cahutes de pierres sèches, étroites et basses, enfoncées dans le sol, sans ouverture autre que la porte, et un simple trou en guise de cheminée. Pour dormir, des hamacs. Une pièce de charrette, en guise de table. Un coffre pour les vivres. Et trois galets, sur le sol, pour le foyer. De l'eau saumâtre à boire, et un régime de pommes de terre, de pain moisi, de lard (mais seulement le dimanche) avec l'agrément, parfois, d'un cormoran, d'œufs de goélands ou d'un ragoût de berniques. Et pour le reste, le rythme implacable des marées, la cueillette par grands fonds des laminaires, leur séchage, leur brûlage à marée haute, pour en tirer les pains de soude – puis le retour, vers septembre ou octobre, le corps brisé, perclu de rhumatismes, les mains déchirées de crevasses, et les dents cariées.

Je savais mieux, maintenant, pourquoi ils semaient une telle crainte dans ma petite baie, ces « Japonais » : moins pour le prélèvement sauvage de goémon que parce que en rompant avec la terre ils

avaient basculé de « l'autre côté », dans l'inconnu –
cet inconnu du grand Dehors, et cet inconnu pres-
senti en chacun de nous, certains matins d'hiver sur
la grève de Ti Louzou. Les messagers d'un autre
monde...

Ils ne parlaient pas beaucoup, sans doute, ces paysans de la mer, acharnés à survivre, jour après jour.
Mais qui dira le poème, en eux, de cet affrontement ?
Car ils n'étaient pas des brutes, cela au moins, je le
sais. Et leurs silences, leurs regards étaient hantés par
ce qu'ils avaient vu. Peut-être leur aurait-il fallu, simplement, une autre langue, d'autres mots. Des mots
nettoyés, usés par les vagues et le vent, polis comme
des galets. Une langue faite de vagues et de vent.
Une langue comme une aile d'oiseau...

Un envol lourd de bernaches m'arrache à ma rêverie. Une demi-douzaine d'huîtriers-pies, indifférents
à ma présence, plantent leur long bec dans le goémon, à un mètre de moi. Pour un peu il picoreraient
entre mes pieds... Mes pieds ! J'esquisse un pas, et
reste cloué sur place, en réprimant un hurlement de
douleur. Je ne peux plus bouger, les pieds bleuis de
froid, gelés. Un vent d'effroi passe, dirait-on, sur les
oiseaux rassemblés dans la grève, qui s'envolent dans
de grands froissements d'ailes. Je lève les yeux : un
homme est là, à l'entrée de la grève, qui me regarde –
un vieux marin, que je ne reconnais pas. Et sans
doute doit-il se dire que c'est encore bien une idée de
touriste, de prendre un bain de pieds sous les averses
de grésil, par vent de force 12, dans une mer gelée. Il
me regarde, immobile comme un caillou, puis se
retourne d'un bloc. Nous ne nous sommes pas dit un
mot, mais je me sens comme un gamin pris en faute,
quand le vieux René Deuff, persuadé que j'allais

périr de pneumonie, me pressait de « sortir de là tout
de suite ».

Cécile, d'abord, ne veut se souvenir que de la douleur. Et il est vrai qu'elle a vécu son lot d'épreuves.
Mais son visage est resté étonnamment lisse. Une
beauté rayonnante illumine son regard clair. Et je
revois à travers elle la jeune fille qui passait voir ma
mère à Tréourhen, à l'époque où elle « fréquentait »
Olivier... La soixantaine semble n'avoir aucune prise
sur cette force sereine qui l'habite. Pourtant, sa voix
tremble un peu quand elle repense à ces batailles
d'hiver, bien oubliées aujourd'hui, quand il s'agissait
de remonter au sec le plus possible de goémon de
rive. « Sans engrais chimiques, il en fallait tellement ! » Mais elle non plus ne comprend pas comment elle a pu passer des heures ainsi, dans l'eau glacée. Bien sûr, c'était un travail d'homme, cela, mais
Olivier avait besoin d'elle. Et puis... Ce qu'elle ne dit
pas, c'est le combat terrible des premières années,
lorsque, mariés, il se sont installés à leur compte, la
ferme de Saint-Samson trop petite, la lutte côte à
côte pour s'en sortir. « Tout ! On devait tout remonter à la force des bras, sur une civière. On n'avait pas
de cheval, tu comprends ? Personne ne peut imaginer
comme c'est lourd, le goémon mouillé... » Non, elle
n'a rien oublié. La course pour remonter le goémon
sur cette maudite civière, redescendre, remonter
encore, prendre la mer de vitesse, les mains en feu,
les bras gourds, les reins brisés. Combien de tonnes,
ainsi, arrachées chaque année à la mer ? D'y repen-
ser, elle secoue la tête, incrédule. Mais le goémon de
mai ? Elle hésite. Celui-là aussi, elle a dû le remonter
à la force de ses bras, avec Olivier, et pourtant... Non,
c'était différent. Trop de souvenirs se bousculent,

qu'elle ne peut balayer d'un revers de main. Elle se perd dans la contemplation du feu. Dehors, la tempête continue de hurler, cogne Trostériou comme un bélier, mais elle ne l'entend pas. C'était sa jeunesse, aussi, du temps de Kerdiès, la ferme de ses parents, les rires, les chansons, les jours magiques de liberté, presque d'ivresse, malgré la fatigue. Peut-être même les premiers regards échangés avec Olivier, quand elle se rapprochait, sur la grève, de l'équipe de Ti Louzou. Un sourire passe devant ses yeux, comme un trait de lumière sur la mer grise. « Oh ! le goémon de mai, c'était autre chose... »

« Autre chose » aussi, pour Job Deuff, passé hier en coup de vent (c'est le cas de le dire !) à Trostériou, et autre chose pour Annick et Roland Le Roux, du Moulin Neuf. De ces moments de grâce, comme hors le temps, et qui restent pour cela à jamais en mémoire – comme si s'était célébré là quelque chose d'essentiel, aujourd'hui oublié...

Le goémon de mai... Peut-être faut-il ici préciser, à l'intention des profanes, qu'il ne s'agissait plus du goémon dit « de rive », arraché par la mer et jeté sur le rivage pendant les mois d'hiver, ni même des arrivées massives, en avril, des vieilles lames de *korlé* (puisque tel était le nom trégorrois des laminaires) chassées par l'effervescence des nouvelles pousses, mais du goémon nouveau, éclatant de santé, et coupé à basse mer, pendant les deux marées de mai. À la différence du goémon d'hiver, celui-ci, séché, se conservait en tas jusqu'à l'automne, où il fournissait un superbe engrais. Et la réglementation sévère de sa récolte, tant pour préserver la ressource que pour garantir une répartition équitable entre les paysans du littoral, ajoutait encore, me semble-t-il, à la solennité de la cérémonie...

Le goémon de mai – et il me semble à cet instant, tandis que le vent s'enfle au-dehors en sifflements déments, qu'il est resté pour moi, avec les rapines violentes des temps d'hiver, comme l'envers et l'endroit d'un même mystère.

Il débordait des jardins, envahissait les prairies, déferlait sur les galets, et ses odeurs vous poursuivaient partout, entêtantes, où les plus connaisseurs savaient distinguer les fragrances puissantes du *korlé* de celles, plus suaves, du *liken* et des fucus. Avril était une ivresse d'odeurs fraîches au pli secret des chemins creux, d'eaux claires bondissant entre les roseaux : mai, lui, se lovait dans les senteurs lourdes, barbares, de nos célébrations du goémon-roi.

Les fermes, ici, tournent le dos à la mer, c'est affaire entendue. Comme si, d'avoir choisi la terre et ses chaînes, elles s'entêtaient à une sourde rancune contre l'horizon vide. Comme si elles ne voulaient rien savoir de la mer, de ses colères et de ses promesses. Sauf pour les rapines brutales de l'hiver. Et sauf en ce mois de mai où tout, soudainement, basculait, lorsqu'en rangs serrés les hordes de paysans en guenilles, brandissant leurs fourches et leurs faucilles, déferlaient sur les grèves pour arracher à la mer ses entrailles, fumantes, dont ils engrosseraient demain leurs champs. Je n'étais qu'un gamin, mais je serrais fièrement ma faucille, aux côtés de ma mère, en allongeant le pas pour rester dans le rang. Les charrettes roulaient sur les galets dans un bruit de tonnerre, les chevaux hennissaient d'effroi et nous dévalions la pente à leur suite, ribauds en procession vers quelque lieu païen, ou gueux partis en jacquerie. Le garde maritime nous comptait à l'entrée de la grève : la coupe était réglementée, limitée à sept par famille...

C'est déjà loin, je sais. Et j'ai grandi, depuis. Mais j'ai toujours en moi ces images, violentes. Cette ruée jusque dans le ventre de la mer, l'écume jaillissant sous le pas des chevaux, les bruits rapides des faucilles, les hommes, d'un coup de reins, qui chargeaient les tas à coups de fourche, dans de grandes gerbes d'eau. La mer, devant nous, battait en retraite, découvrant ses palmarias ruisselantes, ses rubans de *korlé*, ses fucus aux reflets sombres, une odeur puissante, lourde, montait autour de nous, d'algues broyées, tranchées, piétinées, et nous étions comme saouls, riant d'un rire sauvage, presque fou. Des plaisanteries fusaient, de groupe à groupe, et des chansons gaillardes, les bouteilles sortaient, de rouge pour les hommes, de cidre pour les femmes, comme si, de pénétrer dans cet espace ouvert, refusé jusque-là, chacun se libérait, tous les codes abolis, de l'ordinaire des jours.

À peine chargées, les charrettes repartaient, gémissant sous l'effort. Les chevaux trébuchaient, s'arrachaient dans de lourds ébranlements sous les coups de fouet furieux. Chaque moment comptait. Courbé sur ma faucille, je savais que, là-bas, des hommes déjà étendaient le goémon dans les prairies, pour le faire sécher, que d'autres retournaient les premières charges, avant de le mettre en tas sitôt séchés, et de faire place aux nouvelles charrettes – jusqu'à ce qu'à la mi-marée nous nous retrouvions tous, les reins meurtris, pour une pause. Les plus affamés faisaient sauter des berniques à la pointe de leur faucille, pour les déguster crues avec leurs tartines. Les chevaux, épuisés, les pattes tremblantes, les veines saillantes, avaient droit à une ration d'avoine. Et puis la course reprenait, frénétique. Car la mer revenait sur nous, menaçante, bien décidée à nous chasser – jusqu'à ce que tout recommence, le lendemain.

Nous rentrions en chantant, comme au retour d'une fête, ou d'une grande bataille. La baie, tout à coup, paraissait envahie d'une paix immense. Des bateaux glissaient, dans le soleil couchant, tirant d'énormes charges coupées dans les îles, parfois même deux ou trois, serrés dans des cordages, ces dromes ou ces « réjous » qu'ils échoueraient tout à l'heure sur la grève, au plus haut de la marée, pour les tirer au sec dès la mer descendue. D'autres bateaux, aux flancs lourds, mettaient cap sur le large – les pêcheurs de l'île Grande, ou de Lannion, venus couper ce goémon blanc que nous appelions le *liken*, dont l'industrie tirait un gélifiant et que seul récoltait par chez nous « Pipi » Colleter, de Térénez...

Un mois, et tout était fini. Le goémon bien sec formait d'énormes tas qu'on ne toucherait pas avant l'automne, et, cette bacchanale oubliée, la vie de chacun reprenait son cours. Mais sous les carapaces sèches, cassantes, se poursuivait une formidable rumination : un feu brûlait, venu des profondeurs de la mer, et nous avions le sentiment, gamins, de toucher au mystère même de la création lorsque nous glissions nos mains dans les tas pour sentir cette chaleur étrange, intense, consumant le goémon pour n'en laisser que cendres grises – qui plus tard, enfouies dans la terre, y feraient naître la vie. La vie, volée au mois de mai, dans les entrailles de la mer...

Vers la fin de l'été arrivaient les Léonards, en quête d'un surcroît de récolte, dans leurs bateaux larges et lourds – les « cobars ». Le ton montait souvent, quelques billets changeaient de mains, de sourdes malédictions fusaient : « Salauds de Léonards ! » Le père Bramoulé brûlait les longues lames de *korlé* vers le Fort, dans des trous garnis de larges pierres plates, pour en faire de la soude, et leur odeur âcre nous accompagnait longtemps – quelque part dans nos rêves, jusqu'au printemps suivant...

Nous avons tous grandi, depuis. Et la chimie a remplacé le goémon dans les champs, je ne le sais que trop. Mais était-ce seulement un peu d'engrais que nous allions chercher, ce mois-là, dans la mer – ou une part de nous-mêmes, qu'aucune chimie, jamais, ne nous rendra ?

La tempête, au réveil, est passée. Et l'on dirait que la baie tout entière en reste stupéfaite, sonnée, saou-lée de coups. Des traînées pâles déchirent le ciel de suie. Mon petit *Nostromo*, comme la chèvre de M. Seguin, a dansé toute la nuit sur son corps-mort, mais il a tenu bon. Et chacun, effaré, prend la mesure du coup de tabac essuyé. « Du jamais vu depuis l'ouragan de 1987 », titre *Ouest-France*. Des vents de cent soixante-dix-huit kilomètres/heure enregistrés à la pointe du Raz, et cent quatre-vingts au Conquet. Cent mille personnes privées de téléphone et d'élec-tricité, les trains arrêtés entre Morlaix et Brest, une école de Camaret, qui avait tenu bon en 87, pure-ment et simplement rasée, une brèche de douze mètres dans la digue de Belle-Ile, la *Belle-Etoile*, le vieux gréement de Camaret, une nouvelle fois drossé à la côte, des centaines de toitures arrachées, dont une douzaine rien qu'à Ouessant, ce qui n'a pas empêché les îliens, têtus, de tenir leur foire aux mou-tons – « Suffisait de les tenir ferme par les pattes ! » rigole l'un d'eux, au téléphone. Et je me demande, au timbre des voix qui m'appellent pour vérifier que Trostériou est encore debout, si au soulagement d'avoir encore une fois supporté le choc ne se mêle pas une sauvage exultation – d'être de ce pays-là, et de ces tempêtes, de leur tenir tête parce qu'on les porte, aussi, en soi. D'être en somme encore un peu de ces Plouganistes qui tant effrayèrent Cambrit pendant son voyage en Finistère dans les années 1794-1795, de ces sauvages hirsutes qui se dressaient fièrement devant le visiteur en se proclamant « potred kallet an Arvor » – les durs de l'Armor. « Me zo eus an Arvor », répétaient-ils, féroces – de cette mer, de cette côte, et de ses tempêtes...

Coup de fil de Patrick, déjà arrivé à la Branche du Nord : en lisière de forêt, devant lui, passe une horde de caribous. Les loups ? Après-demain, vers les sources de l'Ombakika, si tout va bien.

5

Des paquets de pluie froide, portés par la marée, s'engouffrent en sifflant dans la rue du Mur, balaient la place des Halles, qu'ils noient en un instant sous une chape grise, et montent à ma rencontre en tourbillons furieux. Les derniers passants, affolés, s'éparpillent en courant, courbés sous les bourrasques, et le bruit de leurs pas s'étouffe bientôt dans les ruelles, les escaliers, les venelles discrètes de la colline. Une dernière voiture s'échappe de la place dans des gerbes d'eaux grasses, le pinceau de ses phares découpe, fugitive, la silhouette d'un marin louvoyant vers un bar, et il n'y a plus rien, tout à coup, autour de moi, dans cette rue du Mur jadis la rue des Nobles, rien que le grincement d'un volet, quelque part dans les ténèbres, et le crépitement de la pluie sur les pavés luisants...

Une foule affairée se pressait ce matin autour des étals, pesant d'un œil expert la qualité des lards, des pâtés et des beurres, des tables croulaient sous les fromages de chèvre de l'Arrée, les laitages et les crêpes, au coin de la Grand-Rue, et par la venelle des Halles les chalands remontaient de la place des Jacobins déjà fournis en fruits de mer, poissons et

123

ormeaux peu ou prou clandestins. Les coques des voiliers, dans les bassins à flot, brillaient de perles de rosée, l'eau était un miroir et l'on aurait juré, du Dourduff à Morlaix, que l'on glissait par privilège sur les nuages du ciel, mais une barre sombre, vers le large, au-dessus du Taureau, ne disait rien qui vaille, et les vieux du Dourduff ne croyaient pas si bien dire, entre deux jets de jus de chique, qui prédisaient « un joli grain » à la marée montante : voilà que tout, soudain, paraît s'en être allé de Morlaix, noyé, englouti, effacé par les trombes d'eau, tandis qu'une autre ville s'éveille, de plus longue mémoire, aux détours brusques des escaliers et des venelles...

Des statues jaillissent des encoignures, luisantes, des gnomes, des gargouilles, des sauvages hirsutes armés de triques, des fous aux bonnets d'âne, des bonnes femmes grotesques, des Bacchus aux jambes torses pendus la tête en bas à quelque tonnelet, d'autres loustics buvant *à la brette*, mêlés à des saint Jacques brandissant leur bourdon, tout un bestiaire fantastique, grimaçant, qui danse autour de moi, les yeux vides, avance puis disparaît sous le manteau de pluie. Oui, ce devait être ainsi, Morlaix, il y a quatre siècles, ces maisons de bois et de pierres, aux étages surplombant les rues étroites, ces encorbellements soutenus par des poutrelles et des potelets de bois dont on dirait qu'ils se penchent vers vous, sur le point de tomber – quand les pignons pointus ne se rejoignent pas, comme dans la venelle de Créon –, ces volets de guingois, ces baies étroites qu'encadrent des colonnettes et des moulures gothiques. Cette dentelle extravagante de granit et de bois couvrait alors toute la ville, dévalait des trois collines vers le port, dans un entrelacs de venelles puantes, de ruelles en escaliers, de ponts et de culs-de-sac, de maisons serrées les unes contre les autres, entassées même souvent, telle était la pente, les unes *sur* les autres, et de *combots,* ces jardins suspendus comme à Babylone, qui parfois dominaient la cheminée de la maison, de sorte, disait-on, que l'on pouvait jeter les légumes directement dans le pot-au-feu. Venelle aux Pâtés, venelle au Son, rue Longue-de-Bourret, rue des Bouchers, place au Pain, rue des Brebis... j'ai tant rêvé, année après année, devant les gravures de Mayer, Jacottet, Ciceri, dans les *Voyages pittoresques* du baron Taylor, les dessins du génial Robida et de Le Guennec, les tableaux d'Ozanne! Ce soir, je la vois, là, ou plutôt la devine, dans les jeux du vent et de la pluie où disparaît le faîte des maisons – et qu'importent, dès lors, les ruisseaux qui, malgré mon ciré, s'insinuent dans mon cou! Oui, ce devait être ainsi, il y a quatre siècles...

Plus bas, sur le port, des gaillards aux mains comme des battoirs, enfoncés dans leurs manteaux de toile de goudron, sortaient des « celliers », ordres pris, et regagnaient leur bord, en laissant derrière eux des effluves d'huile rance – ou gagnaient, le front bas, quelque taverne à matelots, vers le Palud Morand, pour s'abrutir d'alcool jusqu'au petit matin. Dans les « choppes » d'affaires, encombrées de ballots tout juste arrivés d'Anvers, de Riga, de la mythique Hanse ou du Brésil lointain, des « garssons » vêtus de serge cannelle rangeaient prestement plumes d'oie et registres sur leurs sellettes de planche, volets et portes claquaient, déjà, de maîtres pressés de retrouver chez eux feu clair et bonne soupe. Des bateaux ventrus gémissaient doucement au bout de leurs aussières, tandis que les Quintin, Coroller, Noblet, Balavesne, Botmeur, Toulcoët, tous marchands de « marchandises en gros par mer », bons bourgeois, corsaires à l'occasion et les vrais maîtres de Morlaix, s'éparpillaient sur les quais, parmi les paquets de cordages aux odeurs de goudron de Lituanie, drapés dans leurs grands manteaux noirs relevés de seuls liserés vert d'Espagne, le chapeau « pour la fatigue » enfoncé hardiment jusqu'aux yeux « sans plumes aultres que de héron bastard », et chacun leur laissait le passage, tandis qu'ils disparaissaient sous les averses, vers la venelle aux Pâtés, la rue des Archers ou la rue du Pavé...

François Le Gac, seigneur de Coatlezpell et autres lieux, négociant de marchandises en gros, juge et chef-consul de Morlaix, n'est pas le dernier, ce soir, à gagner sa maison « sitôt les escriptures closes et le volet mis à sa choppe du Pont-au-Choux pour souper avec les siens, devant que joindre promptement ses bons amis et compaignons » chez Catherine Le Briz ou Barbe Le Breton, les accortes hostelières. De noires pensées l'ont agité tout le jour, contre ces tristes sires qui chaque jour conspirent à rogner les libertés si chèrement gagnées de la ville, pour le service de ce jean-foutre de Troïlus du Mesgouez, qui s'est cru un peu tôt le seigneur de la ville sous le prétexte qu'il est le plus ardent entre les jambes de Catherine de Médicis – sénéchal, bailli, lieutenant de justice, procureur du Roy et autre parasites « qu'oncques il ne peut plus sentir », comme il les feraient volontiers tous sauter, s'il ne tenait qu'à lui, dans les eaux noires du Dossen ! Mais ses humeurs s'apaisent, tandis qu'il presse le pas, et ses soucis de noble marchand, sur le prix des denrées, les fluctuations des marchés de Londres, de Dantzig, d'Anvers ou de « Lichebonne », dont l'homme de la Poste, tout à l'heure, lui a porté nouvelles, sur son lourd cheval, au son des cloches de Notre-Dame du Mur – demain sera un autre jour, et il lui semble déjà, malgré la pluie qui bat, que l'odeur d'une bonne soupe au lard vient à sa rencontre. La pluie redouble de violence, un ruisseau boueux dévale la rue des Nobles, charriant des immondices qu'il évite en maugréant. Des quinquets à huile pendus aux cordes des potences tombe une lumière pâle, et les pénombres des impasses laissent deviner d'inquiétantes arrière-cours. François Le Gac n'a peur de rien, sinon, parfois, des puissances qui vous guettent dans le noir, et il tressaille, à deux pas de chez lui, quand un matou dépenaillé file sous sa botte, dans un miaulement furieux...

Tout se brouille, bientôt, sous les trombes fumantes. Un bouillonnement d'eaux grasses déborde des caniveaux, les maisons disparaissent dans un brouillard jaunâtre comme si toute la saleté de la ville montait devant moi dans le ciel, à peine voit-on à cinq pas. Je dévale la rue, vent debout, à demi étourdi par la violence des averses, vers la venelle au Beurre où je sais que m'attend le havre des âmes en peine, des traîne-savates et rêveurs de la baie, derrière les carreaux épais du *Ti Coz*. Une bourrasque noire hurle déjà dans mon dos, en secouant la porte, tandis que je m'engouffre hors d'haleine dans la salle enfumée, des écharpes de pluie encore accrochées aux plis de mon suroît. Les bûches, dans la cheminée, s'embrasent en gerbes d'étincelles, les flammes découpent des ombres brèves, brutales, sur les murs bas, les visages qui se lèvent à mon entrée, sculptés par la lumière rare, n'ont que peu à envier à ceux des forts mangeurs, buveurs et braillards que retrouvait le sieur Le Gac chez cette luronne de Barbe Le Breton. Ils sont tous là, mes compagnons, devant leurs brocs de bière, Antoine Pouliquen, bouquiniste, loup de mer et grand cœur, Gérard Delahaye, Melaine Favennec, d'autres musiciens que je distingue mal dans la pénombre enfumée, et la voix forte de Patrick Ewen, retour du Grand Nord, domine le brouhaha, où passent des mots magiques, qui nous emportent sur les pas de Jos Ribot, de Commana, en ces temps de rapines où le lascar trafiquait sur la Rum Row, avec son compère, Alastair McDonald... L'escalier, derrière le bar, se perd dans les ténèbres, les flammes dansantes révèlent par à-coups la charpente, là-haut, que l'on dirait d'une nef, ou la coque d'un navire. Non, rien n'a changé au *Ti Coz* depuis quatre siècles, ce devait être déjà une belle taverne, aux murs épais, aux poutres trapues, une de ces maisons à « lanterne » qui tant étonnaient les visiteurs, où se pressaient convoyeurs et corsaires, calfats et charpentiers, matelots barbus et rugissants, soudés par la même allégresse. Tout au fond, contre la muraille de pierres nues, des tonneaux mis en perce devaient s'aligner sur leurs chantiers de bois, de vin d'Aunis, de Bordeaux et d'Espagne. Et les filles rieuses, suantes et dépeignées se déhanchaient entre les tables, les poings fleuris de pintes mousseuses et ruisselantes...

« *Cela se passait sur la* Mermaid, *la saleté de dancing flottant de la Rum Row. Un brouillard noir, gras comme une couche de suie, stagnait sur la mer et, croyez-moi, les gars se s'y risquaient pas trop, car les transatlantiques meuglaient ferme dans la nuit épaisse...* » Un coup de vent brutal couche les flammes dans l'âtre et chacun dresse l'oreille, comme si venait d'entrer dans la pièce la longue cohorte des canailles de la Row. Patrick, sec, l'œil vif, à la barbe que l'on dirait sortie droit d'un livre de Tolkien, est assurément le plus grand conteur de toutes les Bretagnes, capable en quelques mots d'appeler à lui les dieux et les démons de ses montagnes d'Arrée, d'éveiller les légendes, et de remuer en chacun le souvenir des temps où il était plus grand...

« *Cela se passait sur la* Mermaid, *les gars, et Septimus Kamin n'était pas le dernier à faire le coup de poing...* » Patrick prend le temps de tirer sur sa pipe, sûr de ses effets. L'odeur des épices et du vin chaud chasse les derniers lambeaux de nuit entrés dans la salle avec moi, et il me semble en cet instant que l'univers entier se trouve là blotti, autour du feu qui brûle, tandis que la grande nuit du monde, au-dehors, danse la sarabande.

Ils sont tous là, ce soir, avec maître Le Gac, ces messieurs de Morlaix, Quintin, Coroller, Noblet, Kerret, Toulcouët, Le Boullouch, Le Bihan, rudes gaillards lançant hardiment leurs navires sur toutes les mers du monde, âpres au gain, jaloux de leurs pouvoirs, mais dévoués à leur cité, sortis en rangs serrés des archives que j'exhume depuis des semaines, et avec eux toute l'âme d'une ville, que je ne soupçonnais pas. « Morlaix, païs limitrophe du costé d'Angleterre et d'Espaigne, en lesquelz Estatz la dicte Ville entretient chauld commerce de mer, de toutte antiquité... Et se trouve la dicte Ville sittuée et assise sur ung port et hasvre de mer, et se faict en icelle grand traffic de marchandises, et fréquentent icelle quantité de bons marchands tant estrangers que *circumvoisins* et *régionels*... » Ville marchande en plein XVIe siècle, comparable en cela à ses homologues de la Hanse et d'Italie, soucieuse de s'administrer elle-même, capable de financer de ses propres deniers ce château du Taureau, massif, qui commande l'entrée dans la baie, et bien décidée, contre l'administration royale, à en assurer la garde : « D'ailleurs cette fonction de gouvernement leur convient bien mieux qu'à tout aultre », faisait valoir l'un d'eux, dans une adresse datée de 1569, « parce que la ville n'existant que de son commerce avecq l'estranger, et la confiance estant la barre du commerce, il résulte que les dicts négociants estrangers ne redouttent rien d'un gouvernement négociant, intéressé luy-même à favoryser le commerce qu'un aultre peut-estre gesneroit... »

Sans doute leurs vaisseaux, comme ceux de leurs ancêtres, Coëtanlem ou Porzmoguer, sont-ils armés de belle artillerie et pas seulement pour la défense, mais les temps corsaires s'estompent en ce milieu de siècle, priment les nécessités du commerce bien compris, et c'est une nouvelle mentalité qui donne à la ville son élan. Des trois évêchés du Léon, de Tréguier, de Cornouaille, par privilège ducal, convergent les plus belles toiles, au marché du samedi, et nulle ne peut se vendre à l'étranger que la Confrérie des *texiers* morlaisiens n'ait marquée d'un cachet aux armes de la ville, portant les mots *Creas nuevas*, en espagnol. Plus bas, les navires attendent, qui cingleront bientôt vers l'Espagne chargés des toiles précieuses, parfois aussi de poteries d'étain, de coutellerie, de cuir tanné, de poisson salé, de blé, de beurre et de graisse en *barricques*, après avoir déchargé sous les *Lances* du port, pour ceux qui s'en reviennent, vin de San Lucas et de Xeres, confitures, fruits secs, huile d'olive et *savons mols*, cuirs fins gaufrés, bois tinctoriaux d'Amérique et oranges – de ces oranges dont les manoirs alentour font une si extravagante consommation. Sans oublier l'or, bien sûr, en poudre, en grumes, en *portugalois*, ces larges médailles valant chacune dix bons ducats, l'or italien, l'or allemand et même celui frappé de Paris, tout l'or que les changeurs et hosteliers morlaisiens établis en Andalousie

drainent fiévreusement, depuis que le roi Philippe II
a interdit la sortie du royaume aux ducats espagnols,
l'or qui s'entasse dans les coffres, fait lever dans la
campagne alentour églises et manoirs. Et ces bateaux
ventrus, sous les formidables canons du Taureau,
croisent sans plus les menacer les lourds anglais
venus acheter les mêmes toiles, « lesquelz dicts
Anglais se rendent à la dicte ville de Morlaix de tout
temps mémoriable pour achepter les dictes toiles, et
y portent sur leurs bateaux draps, suifs, espices, fer,
plomb, estain à ouvrer, argent à ouvrer et monnayé,
comme aussy laines filées et plusieurs aultres marchandises grandement utiles et requises au païs de
Bretagne, qui de ce moïen est entièrement fourny par
la dicte ville de Morlaix... ».

Il leur faudra attendre trois jours à quai avant de
décharger leurs marchandises, sage mesure, fait
valoir le digne Le Gac, qui établit la priorité des
armateurs de sa bonne ville – mais ne freine pas
l'ardeur des marchands étrangers. « Vaisseaux de
toutes entoillures et fanions » ne se pressent-ils pas
au port, malgré les vents d'hiver, nefs anciennes à
bonnettes maillées sur le corps de la voile, galéasses à
« morisques » latines, baleiniers et ramberges, cara-
velles gracieuses, caraques portugaises presque
ingouvernables à force de gigantisme, galions aux
châteaux orgueilleux dominant de leur masse le
grouillement des caboteurs légers, dogres, busses,
barges, crayers, foncets, keels, escuters, escoffes, cha-
luppe, barques et pinasses qui se faufilent dans
l'étroit chenal ? Les dernières galères de Gênes, de
Venise et Florence chargées de soieries, si légères
qu'on les dirait près de se briser au premier souffle
d'Eole, côtoient les flûtes hollandaises, hardies, trapues, les puissantes et fessues nefs d'Allemagne et de

Lituanie, bordées à clins aux virures rehaussées de couleurs alternées, débordant de pelleteries, de salaisons, de goudrons, de mâtures, de bois de charpente – qu'elles échangeront contre du blé, du vin, du sel, des cuirs cordouans ou léonards, des bois du Brésil, des raisins espagnols et des figues. Les lourdes « koggen » de Frise, de Riga, de Courlande sont accueillies chaque année avec impatience, venues livrer les graines de lin qui feront la richesse des campagnes de Bretagne, les seules, renouvelées chaque année, qui prospèrent dans le sol breton... Le blé ? Il arrive par terre de toute la Bretagne, Haute et Basse, d'Anjou, de Vendée, de Saintonge. Le vin ? De Gascogne, de Guyenne, d'Anjou, qui s'ajoute dans les celliers voûtés aux *barricques* andalouses. Le sel ? De Rhuys, de Guérande, d'Olonne en Vendée, d'Espagne. Et comme le reste de la France, du même coup, paraît loin – que pèsent, face à cet énorme brassage, les verres et plâtres de Rouen ou de Caen, que l'on échange à l'occasion contre des toiles, et des écheveaux de fils *blanchis* ? « Morlaix pays limitrophe du costé d'Angleterre et d'Espaigne... »

Les vagues de pluie roulent sur les ardoises, le vent ronchon gronde dans la cheminée. Jos Ribot et le bon géant Alistair ont rejoint le paradis des errants de la Rum Row, s'il y en eût jamais un, et la salle fait silence quand s'élève la voix de Gérard, pour une de ses plus belles chansons, peut-être, à vous arracher l'âme de nostalgie, sur les brumes grises de Lofoten, et les pénombres autour de lui se peuplent de bruits étranges, de présences invisibles.

Tous les morts sont ivres de pluie vieille et sale
Au cimetière étrange de Lofoten

Les horloges du dégel tic-taquent, lointaines
Au cœur des cercueils pauvres de Lofoten

Le plancher grince, des frémissements secouent les poutres sous les ardoises. Le tempête s'avance au large, vers les Triagoz, et à son approche la vieille demeure s'anime de toute sa carcasse, comme un être vivant. D'où vient cette nostalgie qui nous tient tous, ce soir, des terres rases du Nord ? De ces marins, peut-être, de Roscoff et de Batz, qui pêchaient la morue sur les bancs de Terre-Neuve bien avant que Colomb ne touche les Antilles. De ces marchands courant les mers d'Ecosse, d'Islande, de Baltique, qui découvraient sur les quais de Bruges, de Lübeck, de Dantzig, de Riga d'autres manières d'être, et de penser – car ce ne sont pas seulement des richesses matérielles, qu'ils ramenaient de leurs voyages, mais une idée plus grande de la vie, des horizons plus vastes, d'autres lumières...

Voilà plus d'un siècle, maintenant, qu'en retour les marins et marchands flamands, hollandais, lituaniens, gotlandais se pressent sur les quais de Morlaix, font entendre leurs voix sonores aux marchés du samedi – et un murmure les suit, quand ils gagnent leurs comptoirs, sous les Lances. La Hanse ! Et dans ce mot, déjà, un parfum de légende... François Le Gac, malgré ses titres et ses coffres, les envie, et leur puissance, qui les fait traiter d'égal à égal avec les souverains. Cette ligue des villes marchandes, devenues à l'exemple de Lübeck peu à peu autonomes, rayonnant sur tout l'espace du Nord lui paraît à tout prendre plus fascinante encore que les villes italiennes. Ne démontrent-elles pas, depuis des siècles, que le négoce porte avec lui liberté et progrès ? Comme ces arrogants Français qui le harcèlent jour après jour lui paraissent rustauds, devant les grands marchands du Nord! Londres, Bruges, Ardenbourg, où il a goûté pour la première fois au vin du Rhin, tandis que roulaient sous ses doigts des étoffes de Constantinople et de Ratisbonne, Stavorien, sur le Zuiderzee, où une belle Frisonne lui accorda ses faveurs, à l'auberge de maître Rupert, Lübeck, Hollingstet, sur l'Eider, où l'on tirait les bateaux à terre, pour les traîner sur quatre lieues jusqu'à Schleswig, Gotland, en Baltique, et ses églises orthodoxes, déjà... Pour les connaître il a affronté bien des périls, doublé le cap Skagen et les passes difficiles des détroits du Danemark, et quelque chose en lui ne s'est plus éteint, depuis, qu'il serait bien en peine de décrire, une musique au fond de l'âme, comme un appel, une émotion, violente, à certains ciels traversés de lumière. Plus loin commençaient des territoires immenses et nus, sillonnés d'hommes brutaux, aux yeux fous, plus loin encore il y avait l'Orient mystérieux, qu'il connaîtra peut-être un jour, ou alors ses fils – à moins qu'ils ne choisissent les routes ouvertes vers l'Ouest, et l'Amérique...

D'où lui vient ce sentiment confus que ces sols ras et roux, ces mers grises lui sont comme ses vraies terres natales? D'un geste, il appelle à lui Barbe Le Breton, qu'elle lui serve un bon vin de Gascogne. Foin des mélancolies, ce soir! Une Guilde des villes marchandes de Bretagne, à l'exemple de celle de Gotland, aux quatre doyens élus par les villes libres – chacune d'entre elles clairement définie, ainsi qu'à Lübeck, comme communauté civique, dirigée par un conseil élu... Quel bonheur ce serait, songe-t-il, pour la Bretagne entière! Après tout, n'est-ce pas à l'exemple de la Hanse que lui et ses compagnons luttent pour conserver à la ville ses privilèges, si chèrement acquis, le Consulat commercial et correctionnel dont il est le représentant élu pour douze mois, par ses cinquante pairs, choisi par la fine fleur des nobles bourgeois et grands marchands ? Mais il n'est pas de jour que les représentants du roi ne fassent sentir leur aigreur à son endroit, que quelque initiative tatillonne ne viennent le contrarier, le plus souvent prise sans intelligence des nécessités du négoce, et des intérêts de la ville. « Des buveurs de sang ! » s'écrie-t-il, tout d'un coup, et ses compagnons à demi-mots comprennent que ce pisse-froid de Jean de Kergariou, sénéchal du Roy, a dû ce jour lui chercher quelque noise nouvelle...

Il revient une fois encore à son idée, rasséréné. La graine de ce lin qui fait aujourd'hui la richesse de Bretagne ne vient-elle pas des terres froides de Baltique ? De même que ses compagnons marchands s'enrichissent de l'échange du meilleur de chacun des pays abordés, de même leur ville prospère d'y puiser le meilleur des idées... Il laisse longuement rouler sur sa langue le vin vieux de Guyenne. Morlaix faite un peu des idées scandinaves, frisonnes, allemandes et même, sang Dieu ! anglaises... Teintée un peu de la légèreté acquise sur les marchés de Gênes, de Florence, de Venise et des « isles du Levant », du goût du luxe des Arabes, de la fierté ombrageuses des Andalous, corrige-t-il avec un sourire. Et qu'importent, alors, les différences de religion ! Ce sont là querelles bonnes pour les barbares et les ignares. Explorer toujours plus loin le vaste monde, ouvrir de nouveaux marchés, ramener hommes et marchandises aux périls de la mer, voilà bien assez pour s'échauffer l'humeur sans qu'il y ait besoin de rajouter massacres et rapines ! Et tandis qu'en Languedoc, en Espagne, en Flandres on s'étripe, on s'occit, on se brûle avec fureur, qu'en tous ces pays

d'autodafé et de « coupe-testes à la monlucquoise »
industrie et négoce s'effondrent, les messieurs de
Morlaix multiplient vers eux les cargaisons, et en
ramènent à moindre coup les marchandises là-bas
abandonnées sans plus de débouchés – marchandises
que viendront chercher sur les « Lances » du quai de
Tréguier les marchands luthériens toujours bien
accueillis ici, lors même qu'ils trouvent portes closes
ailleurs. Qui dit négoce dit compromis, songe-t-il,
accord d'autant plus librement consenti entre parte-
naires qu'ils savent tirer leurs richesses de leurs différences mêmes. Et Morlaix prospère d'avoir très
consciemment voulu absorber en elle le meilleur des
ces « estrangetés », du Nord comme du Sud...

N'est-elle pas depuis deux siècles, elle aussi, malgré ducs et rois, une sorte de république, à l'image de
ses sœurs hanséates ? Génération après génération,
on cultive ici fièrement d'avoir su arracher aux ducs
de Bretagne, par lettres patentes et dès 1305, l'auto-
nomie « de la ville et faulx bourgs de Morlaix »,
confirmée en 1350, 1381 et 1448, par l'exemption de
toute redevance, taille, corvée, impôt ou service des
armes. Et maître Le Gac, que les reflets allumés dans
sa coupe par les flammes de l'âtre émeuvent un peu
plus à chaque franche lampée, tirerait de cette situation un légitime orgueil si une pensée sombre ne
venait sournoisement le tenailler. Oui, tout serait
parfait, par la mort-Dieu, s'il n'y avait... Le sang, d'un
coup, lui monte à la tête. Il jure bruyamment. Ses
compères, surpris, se serrent autour de lui. Jean de
Kergariou ? Mais non : c'est encore ce sacripant,
cette canaille, ce coupe-jarret de Troïlus du Mesgouez, que la male-mort l'emporte, que la bile lui
empoisonne le sang, que les vers lui rongent les testi-
cules, que...

136

Troïlus du Mesgouez, prétendu marquis de La Roche... À ce seul nom, depuis dix ans, c'est tout Morlaix qui se lève, prêt à mordre. Et il ne semble pas qu'il ait semé ailleurs plus de sympathie. Né vers 1530 en terre maigre du Léon, d'une famille misérable, protégé fort heureusement par Troïlus de Montdragon, son parrain, que les méchantes langues disent son vrai père, devenu page à la Cour, il a trouvé sa fortune dans le lit de Catherine de Médicis, quand il n'avait pas quinze ans – et depuis, cynique et brutal, oiseau de proie, il s'active à la faire fructifier, par tous les moyens. « Insatiable », dit un texte de l'époque, « il achepta plusieurs nouveaux biens près de ceulx des meilleures familles qui crurent quasi se sentir offensées d'un tel voisinage, car c'estoient, en somme, et selon le mot des plus chastouilleux, les dons d'une vieille guenon italienne qui payoient le tout. » Grand personnage ? Certes, ironisent les chroniqueurs du temps, mais comme on devient brigand de grands chemins, « ou, plus platement encore, ainsy que les soldats vont courir la poule, sans s'occuper du tout de quelle espine est le buisson ». Il sait ce que l'on murmure sur son passage, mais n'en a cure, favori de la reine il est, et le demeure, année après année, quand bien même l'insatiable Catherine renouvelle son haras de galants chaque année, au point que l'on en vient à lui prêter des vertus d'étalon dignes de l'antique. Il n'en a cure : il passe, narquois, et se sert sans vergogne. N'a-t-il pas pour devise : « Rien de trop » ?

Il se sert, et amasse. Avec l'obsession d'écraser de son faste les lieux mêmes qui l'ont vu misérable. S'il pouvait, il s'annexerait tout le Léon ! Et Catherine, qui chaque jour proteste de son exclusif amour pour la Bretagne, l'appuie en toute chose. Or, voilà que le rapace concentre depuis quelque temps ses envies sur Morlaix. Un coffre, cent coffres, des milliers de coffres débordant d'or et de pierreries, protégés par de gras bourgeois douillets – autrement dit n'attendant plus que lui, a-t-il jugé, d'abord. Et depuis il s'exaspère de leur résistance imprévue, s'empêtre, lui le soudard ne croyant qu'à la force, dans le réseau serré de textes, lois, lettres patentes que lui tendent ces bourgeois, se cabre de se sentir aussi ouvertement méprisé, traité comme un vulgaire maquereau. Par la mort-Dieu ! C'est qu'elle se prétend libre, cette ville insolente ! Sans doute accepte-t-elle, comme seule sujétion, d'abriter dans le château des Ducs un capitaine-gouverneur, représentant du roi. Mais à la condition, garantie par lettres patentes, « qu'il soit choasy par elle, à l'élection dans le nombre de ses enfants et meilleurs fidelles ». Comment un roi a-t-il pu accepter cela, *de ne le nommer que sur présentation de la Communauté*? Quel glorieux poste, en vérité ! Sans la moindre solde versée par la Ville. Et sans pouvoir administratif, puisque aux côtés de son procureur-syndic, élu pour un an, et vraie incarnation de la ville, se trouve nommé par les jurats, ou conseillers, un commissaire de la ville aux fonctions de commandant d'arme « avec pouvoir et debvoir d'ordonner tant sur les murailles de la ville, fortifications, portes, défenses, munitions de guerre recquises et nécessaires, ponts, voultes et pavés de Ville et des faulx bourgs, que sur les convocations de la milice des trois paroisses et sur l'estat des gens de guerre du chasteau et fort du Taureau ». Là seul est le pouvoir, a-t-il fini par comprendre, non dans ce titre vain de gouverneur, et il s'est mis en tête par force, ruse ou mensonge de cumuler promptement ces trois titres.

Et, par Dieu, de rabattre la morgue de ces « pendards
de nobles marchands » en les « durement traictant,
tels que de la vulgaire harpaille » ! Depuis, c'est pluie
de paperasses royales, lettres patentes, lettres de jus-
sion qui, sous les protestations d'amour éternel –
« Morlaix mérite bien une caresse », aurait dit Catherine –, tentent de rogner les libertés de la ville,
jusqu'à ce coup de force, au moment même des élec-
tions, de se proclamer, avec brevet royal en poche,
capitaine-gouverneur de la ville, lors même que Yves
de Goezbriand y est encore en poste « ferme et fixe
pour sa vie durant » – et en contradiction avec le
choix libre de la ville accordé jadis par le roi Henri !
Toucher à un Goezbriand, gentilhomme de la
Chambre du Roy, une des plus grandes familles de
Bretagne ! D'abord l'on s'est dit que ce « vil coquin »
de Troïlus avait vu un peu grand pour lui, et que cet
« appétit pour les places et pour l'argent qu'il laissoit
paraître, pareil à celui qu'ont pour les veines les bes-
tiolles nommées sangsues », l'a pour le moins égaré.
Yves de Goezbriand lui-même a haussé les épaules :
la mort seule pourrait l'ôter du poste pour lequel il a
prêté serment ! La mort seule... Mots malheureux à
l'adresse d'un coupe-jarret, puisque trois mois plus
tard l'infâme Troïlus n'a pas hésité à tuer en duel –
pour ne pas dire froidement assassiner – à Nantes
ledit Goezbriand. Et tout couvert encore du sang de
son crime, l'effronté bandit a proposé ses services à la
ville de Morlaix, si aimé de sa « guenon italienne ».
« L'impertinence de ces marchands dépasse le
croyable ! » s'étonne son envoyé, au retour. C'est la
ville tout entière qui s'est dressée, dans un cri de
colère. La ville tout entière, arc-boutée à ses lois, qui
entend se défendre, de ce Troïlus et de « la reyne, sa
maîtresse », si nécessaire.

139

Le 9 septembre de l'an 1563, nobles, bourgeois, manants « habitants de la ville et de ses faulx bourgs, réunis sur le perron, œuvre et parvis de l'église du Mur, lieu accoustumé de tout temps aux dits bourgeois et habitans pour trecter, délibérer et ordonner », ont élu Adrien Le Borgne, seigneur de Lesquiffiou, à la charge tenue par Yves de Goezbriand, et procès-verbal, dressé dans l'heure, a été envoyé à la cour de Bretagne. Fureur de Troïlus, protestant tout crûment « qu'il n'a pas embroché l'alouette pour la bouche d'aultruy, ni dépesché le Goezbriand pour le service du Lesquiffiou, ni de quiconque » ! Fureur de la reine : ces marchands veulent la guerre ? Ils l'auront ! Et tombe l'édit royal nommant Troïlus, cette fois pour de bon, « capitaine gouverneur de Morlaix » doté des pleins pouvoirs et appointé sur la cassette royale. La canaille, triomphante, est aussitôt arrivée, occuper le château de Morlaix, et aussitôt a pris des arrêtés scélérats : passage sous sa coupe du château du Taureau et de sa garnison, force de guet et de garde nouvelle sous ses ordres, impôts nouveaux, gestion directe par lui des finances de la ville – dont la ville, à sa stupéfaction, n'a tenu aucun compte. En vain tempête-t-il dans son château froid : Morlaix, méprisante, laisse Troïlus « s'installer quand il venoit » dans son château « et l'ignore pour le reste ». Rien, elle ne lui accorde rien de ce à quoi il prétend, ni pouvoir, ni argent, et surtout pas le Taureau. Et quand revient la Chandeleur, en février 64, c'est comme si de rien n'était que la ville, en assemblée, a nommé syndic, commissaire et nouveau capitaine du Taureau, dont on a renforcé du même coup la garnison et l'artillerie. Troïlus trépigne, menace, mois après mois, sans effet. Et il ne peut guère compter sur le gouverneur de Bretagne, qui le hait et méprise, pour trouver un appui. D'autant qu'il est de moins en moins présent, retenu à la Cour, auprès de sa Catherine, assoiffé de pouvoir, prêt à toutes les intrigues – mais cette affaire de Morlaix lui est comme une épine plantée dans le cœur et il revient, de loin en loin, pour des « rôderies de tiercelet voulant faire viande ». Ces coffres de marchandises, il les veut tout à lui – et de force, s'il le faut...

De force... N'est-ce pas la solution ? En l'hiver 65 il tente un premier coup : envoyer ses sbires percevoir à domicile les impôts impayés. C'est ignorer que ces marchands, ou leurs pères, il n'y a pas si longtemps, étaient un peu corsaires, ou même pirates à l'occasion, rarement d'humeur à se laisser piller : non seulement ses envoyés s'en reviennent bredouilles et penauds, mais encore ces orgueilleux bourgeois décident de rien moins, négligeant tous les intermédiaires, que de porter plainte devant le Conseil du Roy !

Coup de tonnerre, dans le ciel de Bretagne, et au-delà. Car si Troïlus joue encore les matamores, s'amuse de l'incroyable hardiesse de ces « chiens accrochés à leur os », Catherine, elle, a compris le danger. Aller devant le roi, et donc devant elle, c'est la mettre au défi, devant toute la noblesse de Bretagne et France, la contraindre à reculer ou à « prévariquer publiquement », aussi multiplie-t-elle, mais en vain, les approches, « câlineries et intimidations » pour qu'ils retirent leur plainte. Peine perdue. Troïlus, un temps, croit du meilleur effet de trancher dans le vif en menaçant la ville de la troupe, puis, ramené à la raison par sa maîtresse, entreprend sur son conseil une manœuvre très florentine : voilà qu'en l'été 69, contestant en vrac leurs privilèges, comme leur propriété du Taureau, il porte plainte à son tour devant le Conseil contre les gens de Morlaix, accusés de tous les crimes, rébellion, lèse-majesté, usurpation – et l'on comprend qu'il ne cherche ainsi qu'à gagner du temps, noyer les Morlaisiens sous les flots de procédures, bloquer la marche du Conseil. Mais à Morlaix ce n'est qu'un cri – n'est-ce pas son âme même, le plus sacré de son histoire que cet « oyseau de proie » insulte ? Et c'est Morlaix à nouveau qui s'unit pour la lutte. Les 20, 21, 22 août les témoignages sont rassemblés des vingt-deux plus incontestables gentilshommes de la région, de Morlaix, mais aussi de Roscoff, Saint-Pol-de-Léon, Lannion, et Lantréguier, pour faire bonne mesure, avec à leur tête le farouche vieillard, M. de Boisséon, dont le père fut gentilhomme ordinaire de la Chambre du Roy – ainsi que « certaines vieilles braves gens du pays, témoins tout assez d'âge pour avoir vécu, tous de bonne tête et connaissement pour avoir seu, tous honorables pour estre creus ». Réfutant point par point les allégations du triste sire, donnant toutes les preuves utiles des franchises obtenues du temps des ducs « alors que le Troïlus, sieur de La Roche, heureusement pour le monde, n'estoit point encore procréé dans le sein de madame sa mère », ils dressent à l'endroit du gaillard, « ses calomnies estant mises en pouldre », un acte d'accusation terrible de férocité et de précision, dont chaque mot est une gifle.

Une souscription paiera le séjour à Paris le temps qu'il faudra aux représentants de la ville et de par la mort-Dieu la vieille guenon aura à apprendre le caractère breton ! Après tout, qu'est-elle, cette « baragouinante estrangère » « sinon la nièce de papes fornicans, et la fille de marchands comme nous, nos pareils sauf dols, fraudes, empoisonnements et tous odieux crimes dont ils se chargèrent » ?

Catherine, la rage au cœur, mais fine politique, reconnaît son échec et préfère reculer. Troïlus s'entête, et dès l'automne venu s'arme contre la ville, mais c'est pour voir accourir de tous les environs les gentilshommes en armes, et il faut croire que le courage n'était pas de ses vertus car « aussitôt picques montrées » le sieur choisit « d'entrer en accomodement ».

Et c'est précisément ce qui assombrit ce soir l'humeur de maître Le Gac.

Coroller, Quintin, Noblet grondent en chœur. S'accommoder avec ce chien galeux ? « Ennemis envers ennemis ! » tonne le gros Toulcouët. Se pourrait-il que le Conseil cède, et négocie avec pareille canaille ? C'est aux vainqueurs qu'il appartient de savoir offrir quelque issue au vaincu, soupire Le Gac qui ne se console pas, malgré toutes les bonnes raisons qu'il se donne depuis ce matin, d'avoir à ravaler la haine qui bouillonne en lui. Car le malin est encore puissant, et la ville ne peut se permettre de s'aliéner à jamais les faveurs royales. Une issue, négociée. Mais sans marquer pour autant quelque once de bienveillance. Voilà ce qu'il rumine depuis ce matin et qui lui rancit la bile. Quintin s'étonne. Mais enfin, d'où ce Troïlus tient-il cette incroyable protection ? Des seuls prodiges de l'oustil qui lui bat entre les jambes ? – « de ce qu'étant paillard », ajoute Kerret dans un grand rire, « il contente au mieux la gourmandise qu'elle tient de son pays, où l'auytomne est chauld ! ». Toulcouët secoue la tête : cela pouvait se concevoir dans ses premières ardeurs, mais vingt années de suite ? Et dans les bras d'une femme proche de la cinquantaine, certes « fort gaillarde de nature mais qui cherchoit le fruit vert » ? Non. Il faut supposer autre chose. Ses dons prudents, mais constamment renouvelés, cette fortune qu'elle lui bâtit année après année, les riches mariages qu'elle lui a arrangés – et tout cela pour une petite canaille de province, sans la moindre envergure... Il y a là un mystère. Sur lequel maître Le Gac semble ce soir avoir quelques lueurs nouvelles, rapportées de Paris ce matin même par M. de Kersaintgilly, une rumeur insistante, au Palais, qui le ferait le véritable père du duc d'Anjou, quatrième des fils de Catherine. Le Bihan approuve à grands cris. Mais bien sûr ! N'est-il pas né en 51, celui-là, lors que Troïlus était son amant préféré et quasi exclusif depuis un an ? Et pervers et méchant et fourbe comme son père, gronde Toulcouët. Dont on dit qu'il rabroue ouvertement les Guise, les Condé, les Navarre, et même le roi son frère sans que Catherine y trouve à redire, reprend Kerret, mais qui marque une troublante affection, lui qui n'aime personne, pour cette « marde puante » de Troïlus.

Un silence passe sur l'assemblée... Père du duc d'Anjou, voilà qui corse l'affaire. Et qui explique la conviction de Le Gac, qu'il faut avoir la sagesse, ayant gagné, de proposer au vaincu une issue. De l'argent ? proteste déjà Quintin en vérifiant machinalement la place de sa bourse. De l'argent, confirme Le Gac. Et, calmant d'un geste le tumulte des protestations, il livre tout à trac les termes de l'arrangement encore à confirmer : qu'en échange de la somme le Troïlus retirerait son opposition devant le Conseil du Roy et promettrait aux nobles « qui tenoient pour la Ville » de rester coi pendant le déroulement de son propre procès. L'assemblée, retournée, applaudit à tout rompre. Victoire, en somme, sur toute la ligne ? Toulcouët appelle Barbe à grands cris pour une nouvelle tournée. Quintin, plus prosaïque, risque un

prudent « combien ? » et la grimace de Le Gac
suspend la liesse de l'assemblée. Beaucoup. Mais
encore ? Beaucoup. Morlaix a gagné. Contre Catherine. Contre le Troïlus, mais, par la mort-Dieu, la victoire lui coûte cher ! Et cela à l'instant de lever son
verre crispe le visage du bon Le Gac, toujours soucieux de ses écus, digne « monsieur de Morlaix » en
cela...

Tous les morts sont ivres de pluie vieille et sale
Au cimetière étrange de Lofoten...

J'ai dû me perdre dans mes rêveries. La vieille bar-
casse gémit de toutes ses membrures, et jamais elle
n'a tant fait penser à un navire couché sur la lame,
prêt à courir au large. Le vent sifflant dans les grée-
ments enveloppe les paroles de Gérard et Lofoten est
là ce soir, ivre de pluie sous le ciel sale, et puis Riga,
mélancolique, et toutes les « koggens » de la Hanse
portées par la tempête qui cingle vers Morlaix, et tant
de fantômes dans les pénombres, autour de nous. Ils
ne sont certes pas marchands, Patrick, Gérard,
Melaine, et pas plus Gildas, Bertrand ou Per Tallec,
et ne le seront probablement jamais, mais je crois
qu'ils auraient pu s'entendre avec ces rudes « messieurs de Morlaix » – ne serait-ce que parce qu'ils
portaient en eux les mêmes mondes, les mêmes nos-
talgies... Oui, d'où nous vient cette « note bleue », qui
résonne en chacun de nous, tous autant que nous
sommes, ce soir au *Ti Coz,* au seul mot de « Nord » ?
Quelle fièvre précipita un jour Patrick, sa guitare sur
l'épaule, vers la Suède, et quelle nostalgie l'y ramène
depuis, de chanson en chanson ? Et Gérard, qui mit si
merveilleusement en musique le *Kalevala,* parti pour
une longue errance à travers les buissons ras et roux

entre Dresde et Greifswald, vers les falaises blanches de Rungen, les ruines d'Eldena, comme s'il avait voulu pénétrer dans l'œuvre même de Caspar David Friedrich ? Quelle urgence ramène sans cesse Yvon Le Men vers les lacs, les neiges, les lumières de Finlande, lui fou du *Kanteletar* à l'âge de vingt ans, parti pour les îles Atlan dans le golfe de Finlande et qui a laissé là-bas, à Avenama, un morceau de son cœur, un certain 21 juin, aux feux de la Saint-Jean, tandis que les femmes pleuraient de tristesse et de joie – joie d'oublier l'hiver, tristesse de savoir que le jour raccourcirait déjà, le lendemain ? Quelle folie a poussé le peintre Jean-Luc Bourel, un jour, à s'enfoncer dans les neiges de Finlande pour vivre seul dans une cabane de rondins, au plus près du dehors, pour peindre, peindre jusqu'à la folie cette impossible lumière ? « Tout est gris depuis deux jours, gris et immobile, et il neige très finement, un temps de loups ! Mais je suis bien, ici. Ici le feu prend tout son sens ; le feu pour se chauffer (il fait moins 15 dehors), le feu pour les songes, et aussi pour avoir envie de rentrer quand tu t'aventures au loin », écrivait-il à son ami Yvon, depuis Seinajouki : « Tôt le matin, tout est argenté. Et quand le soleil se lève dans ce ciel froid, il fait scintiller le givre sur les branches de bouleaux. Ce sont alors de petites gouttes de lumière qui tombent sur la neige. Tout est encore bleu argenté... » Oui, d'où nous viennent ces mondes d'images qui n'en finissent pas de nous hanter ? Peut-être un peu, me dis-je ce soir, des mondes que ces marchands rapportaient à Morlaix de leurs voyages – des mondes que portaient jusqu'aux quais de Morlaix les cogues hanséates...

Je n'en savais pas plus que ce que m'en avait livré un roman passablement extravagant, déniché dans le trésor de mon grenier, dont j'ai encore en mémoire l'illustration, pourtant banale, de couverture, *Le Grand Voyage*, d'un certain Hans Friedrich Blunck. Pas plus, c'est-à-dire à peu près rien, tant le livre tirait vers la légende, mais ce mot de « Hanse » m'en paraissait encore plus chargé de magie, au point de hanter toute mon enfance d'images de lourds vaisseaux, de mers gelées, d'icebergs prenant feu telles des torches au-devant des étraves, de bosquets de bouleaux brillant d'une lumière dorée au flanc d'une montagne, d'éclats de givre, d'horizons vides, de mots de rocailles, d'écume et de vent. La Hanse ! Et comme j'étais loin, alors, d'imaginer que Morlaix, où j'accompagnais ma mère au marché du samedi, pût être une fille lointaine, et tardive, de mes cités du Nord...

Sur le canal de Deichstrasse, à Hambourg, un soir de brume, je me crus revenu dans les rues de Morlaix. Et plus tard, arpentant les canaux de Bruges, les ruelles de Lübeck et d'Anvers, je compris que mon Europe à moi était décidément celle-là – celle aussi de la Toison d'or. Comme si ce rêve que j'avais cru mien s'était gravé siècle après siècle dans la pierre de Morlaix, modelant ses rues, ses maisons, murmurant son histoire sur mon passage. Il faut croire à l'esprit des lieux...

D'un coup d'archet Patrick électrise l'assemblée qui s'absorbait dans un silence pensif. Barbe en bataille, les yeux comme des tisons, tapant du pied à fendre les dalles d'ardoise, le voilà qui se lance, bientôt rejoint par Gérard et Melaine, dans une gigue endiablée, propre à vous faire bouillir le sang. Mais au plus fort de la danse il s'interrompt, d'un geste du bras si vaste qu'il recule les murs du *Ti Coz* jusqu'au bout de la terre – et dans le silence, au loin, chacun

entend une clameur qui monte, déferle vers nous
dans un délire d'écume, et il n'est plus alors le
Patrick sorti des pages de Tolkien mais le Patrick
sauvage du grand livre des légendes, qui appelle à lui
les dieux des tempêtes pour nous dire à voix forte la
bataille de Clontarf, où tant des nôtres périrent...

*« Il y avait là, sur le sol de Clontarf, entourés de
leurs braves, Dunlang O'Hartigan, Durrogh, fils de
Brian Bord, Iaian McLeod de Skye et Angus McDonald, de Glencoe... »*

Oui, il aurait pu s'entendre avec ces fils de corsaires, de marchands et d'aventuriers, ce Patrick de
longue mémoire que je soupçonne de courir la nuit
sur les landes d'Arrée aux côtés de ses chevaliers, de
ses fées et de ses lutins, car, s'ils étaient durs en
affaires, ces « messieurs », rapaces et sans scrupules,
parfois, ils avaient aussi des rêves à proportion. Ce
Morlaix comme une dentelle de pierre, aux maisons
sculptées dévalant les trois collines vers le Dossen,
dans un pêle-mêle de toits, de pignons pointus, de
jardins suspendus, cette rue du Pavé où, disait-on,
l'on pouvait compter mille statues de pierre, et ces
maisons à lanterne, uniques, construites tels des
navires, au vaste hall d'intérieur montant jusqu'aux
combles, éclairé par la toiture vitrée, ce sont eux. Et
d'eux encore cette prolifération à dix lieues autour de
Morlaix de riches manoirs enfouis dans les arbres.
Qui dira jamais l'effervescence de cette époque, cette
fièvre de se savoir à une époque d'élargissement de
l'esprit ? On s'enrichit dans tous les sens du terme de
la diversité du monde, et d'un même élan on crée :
aux dynasties de marchands il faudrait ajouter les
dynasties d'artistes qui alors rayonnent sur toute la
Bretagne – et au-delà.

C'est à cette époque que les Beaumanoir travaillaient à l'extraordinaire foisonnement des clochers qui allaient illuminer le Trégor, que Jacques Lespagnol sculptait dans le bois les merveilles de Saint-Thégonnec, que Thomas Quéméneur incendiait le sanctuaire gothique de Saint-Herbot de ses vitraux, que Jean et Guillaume Le Floch ciselaient les calices de Saint-Jean-du-Doigt ou de Tréguier, et Jean-Pierre Le Goff celui de Plougasnou qui fut présenté en 1900 à l'Exposition universelle comme une merveille d'orfèvrerie, que Bourdin, Troussel, Huet, Guillaume fondaient les cloches et carillons qui rassemblaient les foules du Léon, du Trégor et jusqu'aux monts d'Arrée, que Jacques Chrétien, Jean Léon, Pierre Barazer s'imposaient comme des peintres majeurs, admirés dans l'Europe du Nord – bien oubliés, ici, depuis, pour une raison qui saute aux yeux face à leurs toiles : inspirés par les maîtres flamands, ils n'étaient pas d'espace français...

Dès lors, que cesse une bonne fois la légende d'une Bretagne aux sabots enfoncés dans la glèbe, repliée sur ses traditions, fermée au monde ! Cette vision d'une peuplade bigote, superstitieuse, articulant ses pensées vagues dans un patois grotesque, masse presque animale arrachée à ses ténèbres par le labeur héroïque des instituteurs de la République, est une fable commode, sans doute rassurante pour les acteurs de notre « libération », mais un pur délire, ou l'expression d'une vieille rancune : « Les Morlaisiens, se plaignait déjà un rapporteur du roi au XVIe siècle, n'aiment la France *qu'un peu juste.* » On a vu plus haut qu'ils avaient, à cela, quelques raisons...

Enténébrés, les bonnes gens de Morlaix, en ce XVIe siècle ? Cosmopolites au contraire, ouvrant partout des comptoirs, d'Espagne à Riga, accueillant des marchands de tous les horizons, intégrant en son sein

Espagnols, Flamands, Portugais, Irlandais – un rapport de Colbert au siècle suivant ne recensait-il pas encore *six cents* marchands anglais installés à Morlaix ? –, faisant venir de Prague les cartons de ses plus beaux calvaires, tandis que Laurent Marc'hadour, quatorze années durant, sculptait la dentelle de pierre de la cathédrale de Séville, ou que Jean Gohas, natif de Saint-Pol-de-Léon, s'affirmait, sous le nom de Juan Guas, comme le plus grand architecte espagnol de son temps, nommé maître des chantiers royaux. Et tous convaincus de la nécessité, pour progresser, de s'instruire, de s'instruire toujours, au point d'ouvrir des écoles dans chaque quartier de la ville. En vérité c'est la France, ou plus exactement le Paris des Valois qui pour eux paraissait relever d'un autre monde, de ténèbres et de sang, coupe-gorge peuplé de brutes incultes, guère sorties de l'animalité. Déjà, au siècle précédent, Nicolas Coëtanlem, le vieux corsaire, écrivait « aussi vitement l'anglais et le latin que le français », assure la chronique, et les multiples registres que nous avons des lettres, aveux, requêtes, rapports de navigation du temps prouvent une remarquable maîtrise du français, de sa syntaxe et de son orthographe, à une époque où ailleurs les cadets de famille, s'ils ne se destinaient pas aux ordres, « ne savaient peindre que leur nom, sans plus » : « 1530 à Morlaix s'exprime comme 1580 ou 1600 le feront au Louvre », s'étonne l'historien Jean Pommerol. À quoi il fallait ajouter, le plus souvent, le latin, l'anglais et l'espagnol : pas plus tard qu'hier Antoine Pouliquen m'a exhibé, gardé pieusement en sa famille, le livre de comptes d'un de ses ancêtres où celui-ci passe dans la même page et comme sans y penser du français à l'espagnol. Le breton ? Au risque de choquer certains, force m'est de dire ici qu'il ne se pratique plus à Morlaix depuis un moment et, s'il reste le langage des paysans, parce que le plus précis, épousant les nuances de leur quotidienneté, ceux-ci ne s'en ouvrent pas moins progressivement au français sous l'influence des prêtres : par un tour singulier de l'Histoire, le breton ne reviendra en force qu'à la fin du XVIIIe et au XIXe siècle, comme en réponse à ceux qui veulent l'éradiquer. Et que l'on ne m'oppose pas une ville « libertine », oublieuse de ses traditions, à la campagne restée enfoncée dans sa glèbe : car c'est des trois pays, Trégor, Léon, Arrée, que cette « paysantaille aux souliers de bois sabotants, porte ès Morlaix ses poulets, son miel, son beurre, son fil et ses toiles qu'elle a fabriquées dans ses demeures » et converge chaque samedi vers le marché, où leur animation joyeuse rencontre celle des courtiers anglais, flamands et espagnols. Les cris aigus des vendeuses d'herbes, vers les actuels Jacobins, se mêlent aux accents rugueux des marins de Lübeck engoncés dans leurs énormes manteaux, tandis qu'au *Lion d'or* un matelot de Riga, entouré de paysans de Plounéour, chante d'une voix de basse, à faire trembler les murs, la nostalgie de son pays de brumes...

Et vers eux s'avançaient, formidables, Plaff du Danemark, Gosta Sandberg de Jokborg, Torstwin Molm de Tronheim, devant une forêt de haches et de glaives...

Décidément, nous ne quitterons pas le Nord, ce soir...

Antoine, qui depuis une quinzaine suit de près mes recherches, se penche vers moi, et s'inquiète déjà de la fin de l'histoire. Je le rassure : ce fut bien une victoire. Qui impressionna fort la noblesse de France. Troïlus retira bien sa plainte, et pour le reste se tint coi, ne contestant pas les griefs de la ville – ce qui valut à la cité, deux mois avant la Saint-Barthélemy, de se voir reconnaître par arrêt du Conseil du Roy « tous ses droits, privilèges et compétences, comme par le passé ». Et nul doute que cela valait bien les quelques pièces d'or laissées en compensation au triste Troïlus.

– Et Troïlus ?

Décidément, la scéleratesse du gaillard lui plaît bien.

Pareille gifle à la royauté, par sa faute, aurait dû lui valoir une disgrâce. Sauf à supposer fondées les supputations de maître Le Gac. Or, s'il se garda bien de traîner ses guêtres vers Morlaix, il trouva vite à se consoler à la Cour, où sa faveur prit un essor nouveau dès l'accession au trône du duc d'Anjou, devenu Henri III. En 1576, il se vit confirmer par brevet le titre de marquis qu'il s'était déjà octroyé depuis quelques années, et 77 le vit nommé vice-roi... des Terres-Neuves, « pour icelles terres occuper, tenir et posséder en propre, et en jouir et en user par lui et ses successeurs (héritiers) et ayants cause, perpétuellement et à toujours, comme de leur propre chose et loyal acquet » – soit en pleine propriété tous les territoires côtiers du Labrador à la Floride !

Las, il n'en put pas jouir. À sa première tentative, en 1578, il se fit prendre par les Anglais, la seconde fois, en 1584, son bateau coula à hauteur de Brouage. Et la troisième, en 98, se termina tout aussi piteusement – il finit, de guerre lasse, par laisser ses pouvoirs à un armateur de Honfleur, Pierre Chauvin de Tometuit, qui fonda en 1600 le premier poste français au Canada, à Tadoussac, sur le Saint-Laurent. Mais c'est encore lui qu'appela Henri III pour tenir la main de Catherine, en ses derniers instants...

Antoine, songeur, plonge dans sa Guinness. Mais j'ai gardé pour la bonne bouche un document dont je lui ai fait copie, tant il porte à rêverie – et démontre, ce qui me les fait plus apprécier encore, que toutes ces aventures ne développaient pas seulement à Morlaix le large de l'esprit et que Gargantua y avait des émules : le détail du dîner que le Conseil de la Ville offrit le 23 août 1569 à M. de Boiséon « et vingt et un aultres gentilshommes », à l'auberge du *Cheval blanc*, pour les remercier de leurs témoignages contre le sieur du Mesgouez. Je lis :

Cent vingt quartes de vin d'Anjou, soit environ cent litres, « sans compter les vins de Guyenne et d'Espagne, secs et doux », six livres dix sols de pain (ou, si l'on préfère, deux charrettes pleines), un mouton et demi, deux veaux entiers, quatre grandes pièces de bœuf salé « propres à servir d'entrées de table », trois chevreuils, trois lièvres, quatre couples de pigeons « en contribution à certain plat garni tout extraordinaire », quatre pâtés de venaison, six langues de bœuf, trois têtes de veau (en sus des deux veaux entiers), des pieds de mouton « et aultres choses pour faire fricasser », poulailles et poulets, quatre cochons entiers, deux jambons fumés, des saucisses et « quarante-cinq sols de lard à barder ou à mettre dans le pot », « plus agréments divers de table », assiettes de beurre épicé, « saulces en gelées, et anchoyes de Lichebonne », andouilles froides, câpres au vinaigre, gingembre bouilli, angélique candie, frangipanes « cuites à croûte », petites fouaces, grands massepains, confitures et dragées, figues, raisins secs, pommes d'oranges, cédrons d'Andalousie, plus divers plats « bien miellés » ou « bien gras ». Et c'est peut-être aussi pour ces vastes panses que je les aime bien, moi, ces « messieurs ». Dont il est dit dans la chronique que le vent frais de la marée montante vint heureusement leur rafraîchir le teint, qu'ils avaient rouge, au sortir de la table...

La tempête au-dehors s'apaise. Sur le sol de Clontarf finit de sécher le sang des héros morts. Ne reste plus, au fond de la nuit, que les plis froissés du vent. Est-ce en écho à mes rêveries, ou aux murmures de la pénombre, qu'une voix entonne alors le grand refrain de Kerguiduff :

> *C'est bien joli, de faire ripaille*
> *Au beau pays de Cornouaille*
> *Mais quand livrerons-nous bataille ?*

L'assemblée reprend en chœur, tandis qu'elle descend la venelle au Beurre avant de se disperser, et du fond des ruelles, de l'entrelacs des venelles et des culs-de-sac des voix multiples s'éveillent, à notre passage, des gargouilles et des statues nous suivent du regard, longtemps dans la pénombre. « *Mais quand livrerons-nous bataille ?* »

Morlaix, cité limitrophe d'Angleterre et d'Espaigne...

6

Je ne m'y étais pas risqué depuis vingt ans. À chaque passage par la grève je détournais la tête, navré de voir les hauts de Tréourhen retourner à la friche, les ronces gagner comme une lèpre, les broussailles effacer ce qui fut une part de mes royaumes – et mon enfance, du même coup, avec elle...

Les prairies, alors, s'enveloppaient de longues écharpes d'alec au flanc de la colline, où des vaches somnolaient, enfoncées jusqu'au ventre dans l'herbe grasse, le printemps chantait au bruit clair des ruisseaux qui débordaient des fossés, trop pressés de gagner le large, les rires des femmes nous arrivaient du lavoir, portés par le vent d'est, et c'était entre les arbres un dédale de caches et de pistes où je m'enfonçais, le cœur battant, avec le sentiment d'entrer par privilège au plus secret d'un monde d'enchantements et de mystères – le mien. Et puis, un jour, un vent gris avait éteint toute joie, sans doute cette tapisserie de parcelles minuscules n'était-elle plus rentable, ou accessible aux engins modernes, ou bien le nouveau propriétaire avait-il sciemment laissé le tout à l'abandon : un été, une barrière de ronces, de chardons, d'épines-vinettes, de prunelliers s'était dressée devant moi, un déchaînement de crocs, de griffes, d'épines me repoussait, menaçant. Le temps avait passé, sans que j'y prenne garde, une force obscure avait pris possession de mes prairies joyeuses, un chaos menaçant me séparait de moi. Tout, alentour, sentait la désolation et la mort. J'avais tourné le dos pour n'y plus revenir – mais derrière moi, dans les futaies, un petit enfant pleurait, abandonné, serré de toutes parts par des forces mauvaises.

Quel vent tentateur m'y conduit aujourd'hui ? Un brusque trop-plein de souvenirs, dans le temps suspendu de l'hiver, quelque vieille blessure réveillée, que je croyais à jamais oubliée ? La tempête des jours derniers a effondré ronces et fougères, et les chasseurs ont fait le reste. Je me fraie sans trop de peine un chemin entre les épines détrempées, patauge dans la boue et les mousses, et tourne bientôt en rond, cerné de toutes parts par une broussaille hostile. Où diable sont les fossés qui bornaient chaque prairie ? Où, ce creux à flanc de talus, depuis lequel le vieux René Deuff, les mains croisées sur l'estomac et les yeux clos sous sa casquette, faisait mine de garder ses vaches ? Disparus, effacés, et avec eux tous mes repères, par la prolifération végétale. Je vais renoncer, quand un obscur pressentiment me fait battre le cœur. Je me retourne, tressaille : ces massifs d'iris d'eau, derrière les buissons rêches, ils étaient déjà là, qui cachaient le vieux lavoir, ce marécage sous mes pieds m'est aussi familier, et familière l'odeur un peu âcre du cresson mouillé. Je cours, m'empêtre dans les ronces, et m'arrête déçu. Nulle trace des grandes dalles d'ardoise du lavoir. Je vais et viens, troublé, quand je trébuche. Là, sous un fouillis de lierre, n'est-ce pas la paroi maçonnée de la retenue d'eau ?

Et tout, dans l'instant, se réorganise sous mes yeux, comme un décor de théâtre qui se retournerait, je vois, dans ses moindres détails, avec une précision absolue, sous les ronces et buissons, mon royaume en allé, je vois les ruisseaux, les prairies, le chemin par lequel passaient les charrettes, la butée de terre qui marquait le champ de Ti Louzou, la limite exacte des garennes du Cosquer. Et là, un peu en contrebas du lavoir, ce qui fut mon refuge, mon île mystérieuse, ce triangle de prairie caché dans un bosquet de saules. Les arbres ont pu grandir, les minces tiges serrées qui formaient une muraille devenir des troncs plus que respectables, mais je le reconnais dans l'instant – et ces galets épars, encore, parmi les herbes...

Je l'avais découvert presque par hasard, et nul n'aurait pu imaginer qu'il y avait là autre chose qu'un épais bosquet d'arbres. Mais j'y avais expédié mon ballon, d'un tir digne de Martial Gergotich, de l'AS Brestoise, mon idole de l'époque, et il fallait bien que je m'y risque. Au prix de quelques estafilades j'avais fini par forcer un passage, et, surprise, j'avais débouché dans une minuscule prairie, au milieu de laquelle mon ballon paraissait m'attendre. L'air bourdonnait doucement de chaleur, mais le sol était frais. Les rares bruits extérieurs me parvenaient, lointains, comme à travers un voile, le bateau des Noan sortant de la baie de Térénez, Yvonne Prigent appelant sa marmaille à la soupe, au petit Cosquer – ce n'était pas une prairie, non, c'était un nid, une île, une nacelle, un navire en partance vers le Never Never Land où Peter Pan et le capitaine Crochet m'attendaient déjà. Et le Mukoki de James Oliver Curwood découvrant le passage vers la grotte de l'or, sur le cours de l'Ombakika, ne rentra pas au camp, ce jour-là, plus heureux que moi.

L'affaire réclamait une organisation sans faille. D'abord, aménager le lieu dans les règles de l'art, et à l'insu de tous. Désherber soigneusement l'aire de mon campement. Y creuser un fossé pour bien drainer le sol. Remonter, avec des prudences d'Apache, des galets de la plage, puis des seaux de gravier, puis du sable, pour isoler une surface propre et sèche. M'aménager un passage entre les arbres, mais en quinconce, pour rester indétectable de l'extérieur. L'affaire dut bien prendre une quinzaine, mais malgré les regards perplexes de ma mère, troublée par mes disparitions soudaines et les variations brutales de son outillage ménager, je tins bon, et restai bouche cousue. À coups de tomahawk, de scie, de Bowie Knife, j'entrepris d'abattre quelques jeunes arbres dans la vallée de Pen an Dour, que je cachais, réduits à l'état de perches, derrière un talus, avant de les ramener en grand secret par le chemin creux du Cosquer, puis en longeant la grève, pour échapper tant à la fureur probable de Marianne de Pen an Dour qu'à l'œil perçant de ma grand-mère. Las, le plan dessiné pourtant avec un rare luxe de détails dans un numéro de *Vaillant* devait celer quelque faille, car mon wigwam, monté comme indiqué, se révéla bancal. Ma première tentative d'y allumer un feu, en plein centre, comme il se doit, scella son destin, et en lieu et place s'édifia bientôt une cabane de branchages plus classique, certes, mais plus confortable. François Hervé, le pêcheur, me céda sans discuter – mais il est vrai qu'il n'avait pas tout à fait quitté, lui non plus, ses royaumes d'enfance, et mes explications hâtives sur l'urgence d'un abri pour les mutins du *Bounty* lui parurent suffisantes –, François Hervé, donc, me céda une pièce de toile goudronnée qui me mit à l'abri de la pluie. Un bout de tapis, un peu de paille suffirent à faire de l'intérieur de ma cabane un palais. Et quelques galets supplémentaires me formèrent un foyer, devant l'entrée, sur lequel cuire les produits de ma chasse, filets de caribou, bosses de bison, quartiers divers de venaison – et, quand ces denrées se faisaient rares, ce qui arrivait tout de même assez souvent, les bigorneaux de la grève, ou quelques araignées jetées par les marins au retour du chalut. Sans oublier, de loin en loin, du caramel mou, selon une recette mise au point l'été précédent avec quelques copains, non sans quelques scrupules : pareille douceur était-elle digne de Nathanael Bumpo, la Longue Carabine, le coureur des Prairies ?

Le temps encore de m'aménager une cache pour mes armes, et je fus prêt à affronter l'inconnu. Là-bas, franchi la chicane qui protégeait mon château fort, commençait un monde, terrible et fascinant. Dans les hautes savanes traversées par les errances fiévreuses des cerfs et des élaphes rôdaient les Kzamms mangeurs d'hommes, seuls possesseurs du feu que j'allais bientôt rendre aux Oulhrams. Des Apaches sanguinaires préparaient quelque assaut que j'allais déjouer. Une voile montait en silence sur l'horizon – ami ou ennemi ? Voilà qu'un drapeau noir claque à la tête du mât, que les sabords s'enveloppent de fumée. À moi, mes compagnons, ce chien de Barbe-Noire va être bien reçu !

L'indifférence des adultes aux drames qui se tramaient à deux pas d'eux avait quelque chose de sidérant. Ma mère, rassérénée par le retour de ses marteaux, de sa hachette et de ses couteaux de cuisine, m'accordait bien de loin en loin une tranche de jambon pour que, séchée sur une pierre, j'en fasse mon « pemmican », mais elle ne me chassait pas moins à coups de torchon à chaque fois que, accouru ventre à terre du fond du jardin, je passais la porte en coup de vent pour planter furieusement ma lance dans la porte du buffet – ne voyait-elle pas que le château d'Asby allait brûler, et la belle Rowena avec lui, si je n'enfonçais pas au plus vite ce satané pont-levis ? Et c'est en vain que je m'épuisais à lui faire valoir que ce morceau de bœuf qui mijotait dans une cocotte avec une montagne de carottes « m'aurait été plus utile » si elle m'avait laissé le découper en fines lanières – lesquelles, séchées au soleil sur un fil, m'auraient été une réserve pour l'hiver, toujours rude comme on sait dans le « wilderness ». Heureuse époque ! Ma chaise, ce fin coursier que je montais tout à l'heure à califourchon, se transformait en un éclair en sbire du Cardinal, avec lequel je ferraillai quelques minutes, avant de le clouer au sol d'une botte de Nevers. Et qu'importe si un adulte me la reprenait pour un usage plus fonctionnel : le seau à charbon s'était déjà mué en dragon, crachant feu et flammes à l'entrée de la grotte aux trésors – ou bien je suivais, le cœur serré, *Dernière Crevasse* de Frison-Roche oblige, les exploits de deux alpinistes sur les flancs escarpés de mes œufs à la neige, pendant que dans les lointains ma mère s'inquiétait : « Mais qu'est-ce qu'elle a, mon île flottante, qu'il ne la mange pas ? »

Heureuse époque... Le monde me parvenait comme au travers d'une brume dorée, où je poursuivais mes aventures sans prêter attention à l'agitation désordonnée des grands, seulement attentif, sur le grand livre de mes chimères, à décorer chaque page des plus vives couleurs. Je ne suis pas de ceux qui veulent à toute force croire que les seuls paradis sont ceux de notre enfance, ne serait-ce que parce qu'elle fut très dure, mon enfance, très pauvre, et solitaire :

l'âge adulte n'est pas sans offrir quelques avantages, que je ne néglige pas. Mais cette capacité à transformer une bassine en château fort et un balai-brosse en mitraillette, ou, si l'on préfère, à passer sans effort du temps de l'Histoire à celui du mythe, m'a toujours paru le don le plus précieux, et sans doute suis-je devenu écrivain, d'abord, pour n'y pas renoncer tout à fait, et prolonger impunément dans le monde des adultes le plaisir délicieux du « faire semblant », et qu'encore se lèvent les grandes voiles noires, venues à ma rencontre du fond de l'horizon...

François Hervé et le vieux René Deuff, seuls, prêtaient attention à mes aventures. François, que je retrouvais parfois sur la grève fort occupé lui-même à jouer du violon avec deux bâtons d'artichauts, parce qu'il vivait dans un monde de lumière, de belles sirènes et de chants d'oiseaux. René, parce qu'il était la bonhomie même. Par quel miracle n'est-il pas mort d'une crise cardiaque, lorsque au plus profond de son sommeil je lui sautais dessus en hurlant, le tomahawk brandi pour le scalper séance tenante – ou, sinon, étouffé, ce jour où, fasciné par son robuste ronflement et sa bouche grande ouverte, sans dentier, j'avais laissé tomber dans son gosier, « juste pour voir », une limace ? Mais non. Il avait toussé, craché, juré, mais le lendemain il en riait déjà, et quand je passais près de lui en rampant dans les hautes herbes, il me prévenait à voix basse : « Attention, à toi, *potic,* il y a un Indien juste derrière ! » Coureur des bois, trappeur, chevalier ou corsaire, j'éveillais sous mes pas des légendes, j'inventais chaque jour mille histoires – mais rien, non, jamais n'égala l'exultation qui me souleva tout un printemps à jouer, dans le secret de ma cabane, au Robinson. Je veux dire : au mien. Le seul vrai.

Car Robinson, tout le monde savait cela, était né à Roscoff et s'appelait William Le Squin. C'est du moins ce que m'avait assuré Fanch ar Lipper, le couvreur venu pour quelques jours travailler à la maison. D'ailleurs, son grand-père l'avait bien connu, assurait-il, en se coupant d'énormes morceaux de chique, d'un geste qui me paraissait alors le comble de la virilité. Et son histoire avait de quoi faire se dresser les cheveux sur la tête des plus téméraires...

Un rude gaillard, sûr, qui après avoir fait les quatre cents coups, et le désespoir de sa mère, avait tiré au large avec une jolie fille de Pempoul. La fille était revenue un peu plus tard, les oreilles basses et le ventre rond, mais le loustic, lui, s'était évanoui dans la nature. Après quelles aventures s'était-il retrouvé dans la rade de Port-Louis, à l'île Maurice, capitaine de la goélette l'*Aventure* ? Mystère. Il y avait là quatorze matelots, dont deux Bretons, et un Anglais qui représentait l'armateur, quand il avait mis cap au sud, décidé à remplir ses cales d'éléphants de mer, de phoques, de morses et d'otaries.

Les deux premières semaines, tout se passa au mieux, et, quand les îles Crozet apparurent à l'horizon, Le Squin choisit d'y mouiller quelques heures, le temps de faire de l'eau. Neuf hommes débarquèrent sur l'île Dauphine. Ces rochers perdus dans les mers australes, entre les îles du Prince-Edouard et les îles Kerguelen, n'avaient rien d'engageant, mais le temps était au beau, et ce n'était que l'affaire d'un instant, dans quelques heures l'*Aventure* tirerait au large ! Las, les neuf hommes n'étaient pas encore rentrés qu'une terrible bourrasque se leva, emportant le navire, toutes amarres rompues, avant de le drosser, quelques milles plus loin, contre des récifs. Ce fut un miracle si Le Squin, l'Anglais et les cinq matelots, agrippés à des espars, purent gagner le rivage.

Un miracle? Peut-être eût-il mieux valu qu'ils périssent noyés. Car leur situation était désespérée. La mer n'avait rejeté sur la grève, outre leurs corps meurtris, que quelques bordages, une marmite défoncée, un bout de câble et un harpon. Ni armes, ni vêtements, ni outils d'aucune sorte!

Ils avaient exploré les alentours, en titubant d'épouvante. Jopic Barazer, un des matelots bretons, marmonnait que, sûr, ils étaient morts, et déjà en enfer. Les hauteurs de la falaise, qui tombait à pic dans la grève, disparaissaient dans un brouillard glacé. Les vagues, noires, se déchiraient sur les récifs en des gerbes d'écume, et les premières neiges ne laissaient entrevoir, çà et là, entre les cailloux aigus, que quelques brins d'une herbe rêche, et rase. Des bourrasques amères leur griffaient le visage de fines aiguilles de glace, avant de se perdre en longs hululements dans les crevasses de la falaise. Il n'y avait rien, sur cette terre maudite, pelée jusqu'à l'os par le vent et le gel, aucune ressource, aucun espoir. Rien, sinon des éléphants de mer. Des milliers d'éléphants de mer qui somnolaient, stupides, sur les galets huileux. La puanteur était épouvantable. Jopic avait éclaté de rire, un rire de dément qui avait fait frissonner ses compagnons : il ne le lui avait pas dit ça, le curé de Taulé, que l'enfer était fait de brouillard et de glace !

Ils étaient perdus. Et ils n'avaient rien à espérer de leurs neuf camarades laissés sur l'île Dauphine. À supposer que leur frêle canot ne fût pas réduit en miettes, comment les pourraient-ils trouver dans ces vastitudes désolées? Non, ils devaient, à cette heure, penser l'*Aventure* perdue corps et biens... Mais il en fallait plus pour abattre Le Squin. Ils allaient tenir, nom de Dieu ! Tenir une semaine. Tenir un mois. Tenir un an, si nécessaire : un chasseur de phoques, un baleinier mouillerait forcément un jour dans les parages, pour faire de l'eau, comme eux !

Tenir. D'abord, ils s'abritèrent dans une caverne, mais le froid, chaque jour, se faisait plus mordant, le brouillard plus gluant, la neige plus serrée : l'hiver austral arrivait de bonne heure. Et il leur fallut édifier, dans un repli de la falaise, une cabane de pierres sèches, de douze pieds sur huit, aux murs épais. Un bout d'épave leur tint lieu de porte. Et des quelques planches sauvées du naufrage ils se firent une toiture, couverte de peaux de morses, tenues entre elles par un fil tiré de leur bout de câble, et passé, en guise d'aiguille, à l'aide d'os de pingouins. Bientôt, coincés entre l'abrupt de la falaise et la mer sauvage, ils ne sortirent plus que pour s'assurer leur hideuse pitance – ces éléphants marins qui se laissaient transpercer à coups de harpon, ou assommer à coups de galets. Leur chair, ruisselante d'huile, était nauséabonde, certes, et même parfaitement écœurante, mais c'était leur salut, car le jus recueilli était également leur seul combustible et leur seul éclairage. Les plus téméraires, ou les plus délicats, s'acharnaient à dénicher entre les rochers des œufs de pingouins. Frits dans l'huile ou bouillis, ils agrémentaient, si l'on peut dire, leur morne ordinaire, au prix, souvent, de violents maux de ventre.

La grève sonnait comme un tambour sous la poussée du vent, les vagues hurlaient dans les récifs, le froid serrait l'île dans un étau de glace. Parfois un grondement déchirait le ciel au-dessus d'eux, suivi d'un long silence, les murs de leur cabane tremblaient et ils savaient alors qu'un pan de la falaise venait de s'effondrer, non loin, dans la mer... Bientôt il fallut décider un tour de garde, pour garder le foyer en état, où brûlait l'huile maudite, dans ses fumées épaisses. Ils étaient comme des enfants perdus, au cœur du maelström, fous de douleur et de fatigue, et nulle prière ne parvenait plus jusqu'à leurs lèvres.

Oubliés Naoh, Chingachgook, Barbe-Noire : j'étais désormais William Le Squin, capitaine de l'*Aventure*, sur son île de Crozet. Et l'esprit quelque peu enfiévré je décidais céans de ne plus me nourrir que d'éléphants marins, de pingouins et de phoques. Après en avoir exprimé d'abord le jus, pour m'éclairer, et lutter contre les rigueurs de l'hiver austral. Ma mère, interloquée, avait jeté un œil pour vérifier que nous étions bien au mois de juin, dans l'hémisphère Nord, puis, après avoir objecté que les pingouins étaient rares, vers Tréourhen, avait suggéré que, peut-être, si j'y tenais vraiment, des filets de maquereau enduits d'huile de foie de morue... Fanch avait renchéri. Dame, oui, que ça ferait, en plus, un bel éclairage ! Presque aussi bien que le pétrel tempête avait-il ricané d'un air que les feuilletonistes de *La Veillée des chaumières* auraient qualifié de « satanique ». Et d'expliquer qu'aux Féroé, quand il naviguait sur le *Steredenn Mor*, capitaine Le Saout, il avait vu les gens s'éclairer au pétrel tempête :

– Tu leur fiches une mèche dans le cul, et hop ! C'est tellement plein d'huile, ça te fait une lampe !

L'idée m'avait soulevé d'enthousiasme, et j'imaginais toute l'île éclairée de pétrels allant et venant, par les dunes et les falaises, transformés en lanternes, en me demandant tout de même ce que devenaient les pauvres bêtes *quand elles n'avaient plus d'huile* – jusqu'à ce que je comprenne, avec une pointe de déception, *qu'on les tuait au préalable.*

165

Le maquereau ne répondit pas à toutes mes espé-
rances. Et la lueur qui brillait dans les yeux de Fanch,
quand il suggéra en remplacement un « ragoût de
Marie-Gouguir » – autrement dit de cormoran,
puisque c'est ainsi que nous l'appelions, du nom
d'une dame du fond de la baie qui avait le cou fort
long –, cette lueur, donc, m'incita à quelque pru-
dence.

– Un *friko-morfaout* ! Ah, ah ! Faut les écorcher
d'abord. Et puis tu les laisses faisander une semaine,
pour les ramollir. Avec du vinaigre, pour chasser les
mouches. Et puis tu fais un roux, avec des oignons et
des échalotes. Du poivre, du sel, du laurier, et tu
laisses mijoter trois, quatre heures ! Non ? Mah, c'est
comme ça qu'on fait, pourtant, à l'île de Sein... Ou
bien tu veux que je t'apporte des œufs de goélands,
demain, à gober ? Sûr que c'est fameux. C'est les goémoniers de Molène qui m'ont appris...

Méfiant, pour ne pas dire un peu vexé, je choisis de
me retirer dignement dans la solitude de ma cabane.
Après tout, s'il s'agissait de survivre par les seules
ressources de l'endroit, mieux valait compter sur mes
bigorneaux et mes berniques. Car de rudes aventures
m'attendaient, qui allaient réclamer toute mon énergie.

Et quelles aventures ! Il fallait faire quelque chose,
se risquer au-dehors, ou, nom de Dieu, ils allaient
tous devenir fous, se répétait Le Squin. À la fin août,
un jour que les rafales paraissaient moins violentes, il
entreprit, avec son Anglais, d'escalader la falaise. Là-
haut, après des heures de marche, au détour d'un
éboulis, il découvrit un spectacle qui le laissa bouche
bée : devant eux, sur le plateau, *trois millions* de pingouins au bas mot, serrés comme harengs en caque,

et, au-delà, une grève couverte d'une épaisse couche
de phoques... Au moins ils n'allaient pas mourir de
faim !

Le retour avait été un cauchemar. Aveuglés par la
neige et le vent, ils avaient chuté de près de vingt
mètres dans la faille d'un glacier, erré trois jours
durant, les os meurtris et sans plus de repères avant
de retrouver leur cabane. Là les attendait une nouvelle catastrophe : les éléphants marins avaient disparu. Un matin, Jopic avait poussé la porte, et la
plage était vide – rien qu'une étendue de vagues
furieuses, et de rochers luisants, griffés de jets
d'écume... Ils étaient perdus pour de bon, cette fois,
marmonnaient les hommes, effondrés, serrés les uns
contre les autres, tandis qu'au-dehors, dans les
ténèbres, hurlaient tous les démons de la création.
Mais il était dit que Le Squin ne craignait ni Dieu ni
diable : quitte à crever, autant crever en se bougeant
le cul ! Et malgré sa cheville foulée, son genou abîmé,
il s'était de nouveau risqué dans la tourmente avec
trois de ses matelots. Le premier phoque trouvé, ils
l'avaient mangé cru. Vivant, prétendit même l'un
d'eux, au retour, en tremblant de tous ses membres.
Le Squin avait haussé les épaules. Il avait autre chose
à penser, alors, qu'à ces détails ! Mais il n'avait pas
été sans remarquer que les hommes, depuis lors,
s'écartaient de lui, craintifs, et chuchotaient dans la
pénombre. Ce qu'il avait fait au retour, non, aucun
homme n'aurait pu le faire. Chargés chacun de quartiers de viande, ses matelots ne pouvaient plus le sou-
tenir comme à l'aller, la tempête redoublait de
fureur, ne valait-il pas mieux qu'ils lui taillent un abri
dans la glace et reviennent le chercher ? Telle avait
été la bordée d'imprécations de Le Squin qu'ils
s'étaient enfuis, terrorisés. Mais la voix était derrière

eux, toujours, qui les harcelait, portée par les bourrasques. « Il ne pouvait plus marcher, je vous dis ! »
répétait Jopic. « À plat ventre, oui ! Il rampait sur la
glace, il s'agrippait au rocher, on avait beau courir il
était là, toujours, couvert de neige, presque gelé. Et
sa voix ! On aurait dit qu'elle était le vent lui-même :
" Plus vite ! Plus vite ! Bande de feignants ! Non ! Pas
par là, tire à bâbord, nom de Dieu ! " »

Pat Le Rouge en avait vu de dures, plus qu'aucun
autre, peut-être, de l'équipage, et tous les bars depuis
Eskelfjord jusqu'à Halifax gardaient des traces de
son passage, mais pourtant il tremblait. Des souvenirs lui revenaient, des légendes du Nord, et de ce
Ragnarok prédit par les sorcières où sombreraient les
dieux : il n'y avait plus rien, au-dehors, le monde
avait disparu avec le soleil, ces pleurs, ces craque-
ments, c'était l'île elle-même, broyée par la tempête,
qui sombrait dans la mer, pan après pan, le loup Skol
avait avalé le soleil, le loup Hati la lune, le temps
était venu de Fimbulvetr, l'Effroyable Hiver...

Ce capitaine n'était pas un homme, non, répétait-il,
buté, mais un démon, né des entrailles de la mer –
peut-être même le loup Fenri qui devait, à en croire
les sorcières, déchirer le ciel pour faire surgir d'outre-
monde les êtres innommables. Il était l'esprit de la
tempête qui les avait conduits ici pour les perdre !

Comment raison garder, perdus ainsi dans les
ténèbres du monde, quand hurlaient au-dehors, jour
après jour, toutes les puissances de destruction ? Les
hommes, de craintifs, bientôt devinrent insolents,
puis rebelles. Des bagarres éclataient à tout propos,
que le gourdin de Le Squin maîtrisait de plus en plus
mal. Lorsqu'une nuit ils se précipitèrent sur lui pour
l'étrangler, il comprit que c'en était fini : au petit
matin, il avait disparu. Évanoui dans la tempête,

ressassait Pat Le Rouge, peut-être pour s'en convaincre : le soleil allait revenir, et les beaux jours ! « Tout ça, c'est bien joli, mais faudrait faire gaffe à filer d'ici », marmonnait Jopic, pas plus rassuré que cela. Et ils entreprirent de bricoler un canot avec des peaux de morses. Pour retrouver leurs compagnons de l'île Dauphine, disaient-ils.

Mais Le Squin était toujours là. Malgré la tempête et le froid, il avait construit une autre cabane de pierres sèches dans une crique, non loin. Et il vivait à l'écart, désormais, solitaire et furieux.

Les jours passèrent, et les semaines, sans que faiblisse la tempête. Se pouvait-il que Le Squin fût encore de ce monde, s'inquiétaient les matelots ? Il était là, dehors, dans les rafales, ils en auraient juré, ces rires déments qui les tenaient éveillés, la nuit, étaient les siens, et lui encore qui rôdait sur la grève, secouait la porte, poussait contre les murailles. Ils s'étaient enfuis un matin sur leur frêle canot, malgré les vagues hurlantes, et c'est Le Squin encore, hurlant, couvert d'écume, qui les avait sauvés des récifs où ils s'étaient brisés. Au retour, sur la grève, ils n'étaient plus que des agneaux tremblants, bégayant des mots sans suite, les yeux éteints. Mais Le Squin n'en avait pas moins choisi de continuer à vivre dans sa cabane, solitaire...

Ah, voilà qui valait bien tous les Jack London, et tous les Curwood ! Je rentrais chaque jour à la maison dans un état physique de plus en plus préoccupant. Allait-on me couper les doigts gelés ? Le tout, m'avait expliqué Fanch, rassurant, c'était d'opérer d'un coup sec. « On ne sent rien, garanti ! » À condition, bien sûr, que le couteau fût bien affûté. Puis il m'avait confié un truc, appris à Saint-Malo d'un pêcheur à Terre-Neuve :

– Le matin, au réveil, c'est là que tu dois faire attention. Parce que les mains, tu vois, elles se referment, quand tu dors. Et quand tu veux les ouvrir... Crac! Elles se déchirent, si elles ont durci. Et alors, là, c'est terrible, tu vois, les crevasses à vif : c'est comme ça qu'elles gèlent en dedans!

En dedans? Peut-être avais-je sans le savoir échappé au pire.

– Mais Fanch, ton « truc », c'est quoi?

Il s'était penché vers moi, de cet air que l'on prend lorsqu'on se parle entre hommes :

– Eh bien, les gars, à Terre-Neuve, ils se pissaient sur les mains, le matin, avant de les ouvrir. Si, si, juré!

Et, après un silence, pensif :

– Le tout, bien sûr, c'est de faire gaffe à ne pas se geler le zizi...

Je passe sur les explications embarrassées que j'eus à fournir un matin, à ma mère. Après tout, l'important était que ça marche! Et, pas de doute, ça marchait...

Mais les vertus thérapeutiques de l'urine ont des limites. Et j'eus bientôt en tête d'autres soucis : les privations de légumes et de fruits ruinaient mon organisme.

– Maman, je crois que mes dents vont tomber...

– Tomber? Mais elles *sont* tombées.

– Non, non, c'est le scorbut. Je suis sûr... Tu as vu? Mes gencives saignent, mes dents se déchaussent...

Il était temps que les secours arrivent. Mais arriveraient-ils à temps?

L'hiver tirait sur sa fin, les navires allaient de nouveau passer au large des Crozet. Et avec un peu de chance... Il fallait rassembler les débris épars de l'*Aventure*, décida Le Squin, et construire un canot pour se porter au-devant des bateaux de passage – mais n'était-ce pas plutôt pour sauver ses hommes de la folie? Il leur avait fait également capturer cent jeunes albatros, aux cous desquels il avait fixé des sacs de peau, avec un appel au secours. Mais les hommes paraissaient absents, qui obéissaient mécaniquement, les yeux dans le vague...

Trois jours avant Noël, une voile apparut qui faisait route vers eux. Et puis elle disparut. Pour apparaître encore. Dix jours de cris de joie et de hurlements de désespoir, avant que le baleinier *Cap Pavcket*, capitaine Duncan, les aperçoive et jette l'ancre. Mais ce sont des fantômes qui montèrent à son bord. Et des fantômes encore qu'ils retrouvèrent à l'île Dauphine. À l'exception, bien sûr, du terrible Le Squin, toujours aussi furieux, et le cuir aussi dur...

Pas de doute, je revenais de loin.

Dès la rentrée des classes, je me précipitais sur le *Robinson* de Defoe. Pour tomber, dès les premières pages, de très haut. Quel était ce fatras, ce tissu de mensonges? Et d'abord, d'où sortait ce Robinson, qui n'était pas le mien? L'île douillette où il abordait avait des airs de camp de vacances, comparée aux solitudes désolées des Crozet! Et, pour le dire tout net, cette surabondance de fruits, de légumes, de gibier, cette profusion d'armes, de munitions, d'outils était presque indécente, qui témoignait à mon goût d'une piètre imagination. Je ne m'étais tout de même pas infligé toutes ces souffrances pour rien! Defoe, d'ailleurs coutumier du fait, comme je l'appris plus tard, venait de me voler, d'un coup, mes rêves, mon histoire, et il me fallut du temps, beaucoup de temps, pour m'en remettre...

J'en gardais un peu de rancune, aussi, envers le

pauvre Fanch. Comment avais-je pu être aussi naïf ?
J'aurais dû me méfier. Même sa chique s'était révélée
une odieuse tromperie. J'avais rampé dans l'herbe
avec une patience infinie pour la lui dérober, tandis
qu'il s'offrait une petite sieste, après le repas.
Gluante de salive et tiède encore, il l'avait confiée à
la doublure de sa casquette, et un filet noirâtre lui
avait coulé sur le front quand je l'avais saisie. Enfin,
j'allais pénétrer dans le monde des grands ! Je l'avais
enfournée avec des frissons d'excitation – et recra-
chée avec horreur. Arrrghhh ! Elle était tout simplement épouvantable. Oui, j'aurais dû me méfier : ce
Fanch, de bout en bout, ne m'avait été qu'une source
de déceptions.

Et puis le temps avait fait son œuvre, l'absence
estompé peu à peu ses contours, mon Robinson s'en
était allé, perdu dans les broussailles de l'oubli, avec
tant d'autres – jusqu'à ce qu'un document, retrouvé
par hasard à la bibliothèque de Morlaix, me remette
sur la voie, jusqu'à ma cabane de Tréourhen.

J'arpente ma prairie secrète en me griffant aux
branches. Je ne me la rappelais pas aussi petite. Le
gel et le vent ont-ils rayé de la carte les îles Crozet ?
Rien, en tous les cas, ne reste de ma cabane, sinon,
épars, quelques galets de mon foyer. Qui a écrit que
l'âge, les soucis du quotidien nous exilaient du temps
du mythe pour nous tenir prisonniers de l'Histoire –
que les citrouilles ne se transformaient plus aussi
aisément en carrosses, et les bassines en châteaux
forts ? Je vois la falaise noire, là, les roches luisantes
et les éléphants de mer serrés les uns contre les
autres, tandis qu'un vent furieux déchire l'*Aventure*
sur les récifs aigus. La mer, verte, explose devant moi
en hautes fusées d'écume, et je sens sur mes lèvres le
givre et le sel. Pourquoi ai-je tant cherché, ma vie

durant, les paysages du Nord, les landes rases, les terres rêches, les rocs éclatés par le gel ? Et pourquoi ce mélange, toujours, d'effroi et d'exultation, comme si ma vie s'agrandissait, de s'enfoncer dans les vastitudes du « wilderness » ? Peut-être cela s'est-il joué ici, il y a longtemps, sur les hauteurs de Tréourhen... Je vois le ciel vaciller, le soleil s'éteindre, tandis que les hommes, tremblants, se resserrent autour du feu. Je vois les hautes savanes et les oseraies des marécages onduler comme les flots de la mer, où se cachaient les Oulhrams, je vois la caverne où j'affrontais l'ours géant aux côtés de Naoh, et le long dévers que je dévalais, avec le feu volé aux Kzamms, je vois la jungle moite où je chassais le gorille blanc, et mes compagnons de l'île de la Tortue. Je vois le vieux René appeler à lui ses vaches impassibles, et Job et Paul, et Olivier faucher l'herbe mûre d'un balancement régulier, sans effort apparent, et l'air tout entier ce soir embaumera le plus doux des parfums, tandis que montent les croassements des grenouilles. J'entends, plus bas, le chant de mon moulin qu'entraîne une eau vive, et le piétinement pressé des Vikings de l'île Callot. Allez, tout est en ordre ! J'ai repris mes royaumes.

Une risée soudaine fait frissonner les saules, griffe l'eau du ruisseau, un nuage gris passe devant le soleil. Je me retire, doucement – surtout, que le charme ne se rompe pas ! Et je les vois tous, alors, qui m'emboîtent le pas, Naoh, Barbe-Noire, Le Squin, Chingachgook, Mukoki et la Longue Carabine, Peter Pan et Jim Hawkins, en rangs serrés, et Job, et Paul, et Olivier, avec René, tandis que les futaies, les ronces et les épines s'éteignent derrière eux, retournent au chaos, se hérissent de nouveau de barbelés hostiles. Mais qu'importe, désormais ? Ils sont tous là, autour de moi, en moi, vivants, et avec eux un peu de l'enfant perdu que j'avais abandonné, il y a plus de vingt ans.

J'oubliais : mon Robinson a bien existé. Fils d'un sellier morlaisien qui avait épousé la fille de son patron, un Irlandais du nom de O'Clensy – d'où probablement son prénom de William –, il avait fait le mur de l'école de marine d'Angoulême avant de puiser dans les caisses paternelles pour fuir à Guernesey avec une donzelle. Sa trace ensuite s'était perdue, quelque part sur les docks de New York, jusqu'à ce qu'un jour de mai 1825 on le retrouve vers l'île Maurice, capitaine de l'*Aventure.* La suite ? Si cruelles avaient été ses épreuves que sa mère lui pardonna, à son retour, et il s'installa dans le manoir de Kersaliou pour écrire le récit de ses aventures – qui parut en 1827 dans le tome X du *Lycée armoricain.*

Mais il était dit que le démon de l'aventure ne le laisserait pas en paix. Un matin on trouva les portes du manoir battantes : il s'était éclipsé de nouveau sans prévenir quiconque. Certains prétendirent l'avoir vu s'embarquer au Havre, pour l'Amérique, mais il ne revint plus, ni ne donna de ses nouvelles.

Bien des années plus tard, son corps fut retrouvé dans une rue de Valparaiso, une navaja plantée dans le dos, au sortir d'un théâtre, par un métis chilien dont il courtisait la femme.

Mon Robinson n'était peut-être pas le bon, mais il n'en garda pas moins jusqu'au bout le sens du romanesque.

7

Ici, nous habitons le vent. Le premier mouvement, au réveil, est de passer le nez dehors pour prendre de ses nouvelles. Si les bateaux, à leurs corps-morts, pointent le nez vers le large, c'est bon signe – s'ils se tournent vers la terre, mieux vaut rester chez soi. Puis chacun interroge le ciel, entre espoir et anxiété, scrute les nuages, apprécie leurs formes et leur course. L'hiver, l'anticyclone des Açores et la zone dépressionnaire d'Islande se disputent le ciel, à peu près au-dessus de nous, et leurs scènes de ménage rythment notre existence – ce que la météo, dans ses bulletins, appelle le « régime perturbé d'Ouest ». Le rivage entre terre et mer se redouble d'un deuxième, dans le ciel, que les pluviers et bernaches venus de Sibérie nous rappellent chaque jour : la limite du front polaire, en hiver, s'avance jusqu'ici. Un dernier coup d'œil sur le baromètre, pondéré par la connaissance du coefficient de marée et de l'heure des basses mers, et vous saurez à peu près ce qu'il vous reste à faire.

Le vent : tout, digues, haies et murets, s'organise en fonction de ses caprices. Il est tout à la fois la menace et la promesse. Il est si fort qu'à certains endroits, sur les hauts de Barnénez ou au Guerzit, les arbres poussent en forme de coups de vent, et leurs branchages sont des rafales. Il est si doux et humide, au printemps, qu'il fait la fortune de la baie, pommes de terre de Batz, oignons, primeurs de Roscoff et Saint-Pol. Il est celui qui apporte la pluie, et celui qui la chasse : il est la vie. Et chacun, ici, apprend vite à le respecter, sous peine de graves mécomptes. Pas un gamin qui ne sache les horaires des marées. Et pas un gamin non plus qui ne soit capable de vous déchiffrer un ciel, de suivre l'évolution d'une perturbation, ou de prévoir exactement, l'été, la bascule de la brise thermique. L'affaire est trop grave, où se jouent trop de vies, pour que l'on prenne les choses à la légère, et les bulletins météo s'écoutent religieusement, que viennent enrichir les mille observations accumulées au fil des générations. La connaissance des vents n'est-elle pas le premier lien tissé, presque charnel, avec le lieu où vous vivez ? La vie citadine tend de plus en plus à nier le temps, à le   ૯ ment tempéré, sans bourrasque impromptue : marins, paysans, ou simplement flâneurs, ici, il vous faudra, de gré ou de force, apprendre à vivre avec le vent. De là sans doute que l'apprentissage de la voile prend pour nous une telle importance, comme s'il s'agissait, plus que d'un passe-temps, d'un exercice spirituel, où se trouve engagée rien moins qu'une conception du monde – cette manière, source de tant d'ivresse, de s'appuyer sur la force du vent, de l'épouser tout en lui résistant, qui, bien maîtrisée, vous permettra d'aller où vous souhaitez...

Nous habitons le vent – quand il ne nous met pas proprement à la porte, cul par-dessus tête. La dépression annoncée depuis plusieurs jours est arrivée le lundi soir, au plus fort de la marée. Un vent de nordet, cette fois, l'*avel walarn*, dur et froid, qui prend la mer à rebrousse-poil et la hérisse d'écume. Le spectacle, dans le port, est magnifique. La baie, pleine, paraît sur le point de déborder, l'île de Sable a disparu complètement sous les eaux, le tombolo de Térénez n'est plus qu'un fil ténu, qu'un rien, dirait-on, pourrait rompre, et le vent, furieux, n'en finit pas de creuser des vagues grises et vertes qui croulent en avalanche sur les derniers rochers, se déchirent en hurlant, et fusent vers le ciel. J'ai beau savoir le vent établi au nord-est et mon bateau en principe à l'abri, je n'en surveille pas moins sa danse de Saint-Guy avec une pointe d'inquiétude. Le jour se meurt sous un ciel mauvais, traversé de longues traînées rougeâtres. Les îles de la baie, les dernières Roches Jaunes, vers le large, disparaissent sous des montagnes d'écume. Les derniers spectateurs s'éparpillent, pliés sous les rafales. Deux tempêtes dans le mois, et cette fois par coefficient 113 ! L'hiver, décidément, ne veut pas finir sans un dernier baroud...

Des coups de bélier sur le pignon réveillent au milieu de la nuit. Les arbres, au-dessus de Kériou, hurlent dans les ténèbres. Rude temps, se dit-on, sur les côtes du Léon, qui doivent prendre l'assaut de plein front. Les chiens inquiets gémissent à petits bruits au rez-de-chaussée. Pourquoi évoque-t-on toujours la « colère » des éléments ? J'écoute leur sarabande, dans le noir. Il y a de la joie, me semble-t-il, là, dehors, une joie triomphante, de déferler ainsi, dans l'explosion de sa puissance – et nous comptons si peu, en ces instants... Au matin – un matin livide, de gueule de bois, de vin mauvais –, l'air vibre encore de violence, le vent sur le pas de la porte vous cogne en courts crochets rageurs. À la radio le Léon découvre, incrédule, l'ampleur des dégâts. Même au pire de la tornade de 1987, on n'avait pas vu ça. Cent mètres de brise-lames en béton, à la pointe de la Groux, proprement arrachés, des blocs, chacun de plusieurs tonnes, projetés à vingt mètres sur la chaussée ! Des vagues de plusieurs mètres de haut, pilonnant la route en bord de mer de galets gros comme le poing, la route du camping de Trologot couverte d'algues et de pierres, la station de carburant du port de Roscoff rasée, réduite en miettes, la cale en partie détruite, des bateaux arrachés à leurs corps-morts et projetés dans les airs, jusque sur la chaussée, les vitres de l'hôtel Tallabardon, face à l'île de Batz, pulvérisées, un billard de huit cents kilos soulevé comme une plume puis écrasé contre un mur, les parois de soutènement de la grève Blanche, à Carantec, écroulées, les grands viviers de Roscoff dévastés... Les habitants, ce matin, paraissent sonnés, KO debout. Et d'autres nouvelles, venues d'outre-Manche, font ici dresser l'oreille, du pétrolier *Sea Empress* échoué sur les côtes galloises, qui vomit ses soixante mille tonnes de brut dans la mer... Le vent est un dieu capricieux et cruel, mais moins, décidément, que la bêtise des hommes.

Au fond, j'en suis resté à mes premiers émerveillements, lorsque, enfant, je pressais François Hervé de questions, en le tirant par son paletot. Pourquoi y a-t-il du vent ? Et pourquoi les nuages ? Pourquoi ne voit-on le ciel que lorsqu'il fait nuit ? Et pourquoi fait-il plus froid aux pôles qu'à l'équateur ? Pourquoi les nuages restent-ils immobiles, parfois, lorsque souffle le vent ? Pourquoi fait-il de plus en plus froid à mesure qu'on se rapproche du soleil – si, si, c'est l'instituteur qui me l'a dit ? François, qui essayait en vain de ravauder un filet, ou de finir une épissure, poussait de gros soupirs. Il était mon maître, mon mentor, le premier à m'avoir initié à l'art subtil des nœuds, le premier à m'avoir laissé la barre de son bateau, quand elle était encore trop grosse pour mes frêles menottes – ce qui fait qu'à la première risée, emporté par son poids, j'avais failli passer par-dessus bord. Ma mère n'aimait guère me voir l'accompagner à la pêche, ou, tôt le matin, l'été, l'aider à remonter ses trémails : « Mais Michel ne sait pas nager ! » « Dame ! Moi non plus ! » répliquait François pour la rassurer.

Son savoir, alors, me paraissait immense, mystérieux, relevant presque de la magie, quand il m'indiquait quelques-unes de ses basses, en m'annonçant presque ce que l'on trouverait le lendemain dans les filets. Et puis c'était lui, surtout, qui m'avait appris à godiller, loin des regards moqueurs, et que l'état de marin s'éprouve à de petits plaisirs, comme par exemple, debout dans son canot, de passer et repasser devant une plage surpeuplée de touristes en godillant négligemment d'une main, l'autre dans la poche, le regard fixé sur la proue... Bref, c'était mon idole. « Mais enfin, François, pourquoi tu ne réponds pas ? » Il aurait été bien en peine de le faire, le pauvre, tant ses rapports avec l'école étaient restés évasifs. Mais en lieu et place il me distillait, avec des airs de pythonisse, le fruit de ses observations, et les mille recettes supposées vous mettre à l'abri des coups durs. Certaines de celles-ci ne pouvaient relever que de la magie ou des univers féeriques où il aimait à se promener (et se perdre, souvent), certaines étaient tout simplement un défi au bon sens, et ma surprise n'en était que plus grande de les voir à tout coup vérifiées – comme par exemple cette loi, dont le lecteur pourra faire lui-même l'expérience,

que si vous vous placez dos au vent la pression exer-
cée sur votre main gauche est toujours plus basse que
celle sur votre main droite ; ou bien encore cette
autre, que les vents tournent toujours dans le sens
des aiguilles d'une montre, autour d'une dépression –
ce qui revient à tenir que le vent du sud est toujours
le premier signe d'une perturbation arrivant par
l'ouest. D'où il s'ensuit, poursuivait mon François en
sifflotant d'un air distrait, que si le vent remonte vers
l'ouest, cela veut dire que la perturbation s'éloigne,
et que le temps va se dégager – mais que, à l'inverse,
un vent passant à l'est ne peut qu'annoncer, selon la
saison, pluie, froid ou neige. Arrivé à ce point, en
général, son auditoire le considérait d'un air per-
plexe.

Je ne le tenais pas quitte pour autant. Le sens du
vent, c'était vite dit – mais lequel ? Il suffisait de lever
les yeux pour voir que les nuages, là-haut, se
moquaient de nous, et selon leurs altitudes respec-
tives pouvaient courir dans des sens opposés. Mais on
ne prenait pas si facilement François en défaut : si
par rapport aux vents de l'étage inférieur les vents en
altitude tournent dans le sens des aiguilles d'une
montre, assurait-il, en éclatant d'un rire qui n'était
pas précisément pour rassurer sur son état mental,
c'est qu'il va faire chaud – et s'ils tournent dans
l'autre sens, eh bien, il va fraîchir. Les plus effrontés,
autour de lui, échangeaient des regards entendus,
mais il n'en poursuivait pas moins, imperturbable :
« Ce qui, combiné avec ce que je viens de dire, donne
que si l'on se tient dos aux vents inférieurs et que les
nuages en altitude arrivent par la gauche, le temps ne
va pas tarder à se gâter, tandis que s'il vient de la
droite, le temps promet de virer au beau. » Les beaux
esprits de Saint-Samson ricanaient : c'était bien de

François Hervé, des idées pareilles ! Pas de doute,
pour eux tous il était, sinon fou, du moins sérieuse-
ment atteint. Et que cela pût marcher, contre toute
raison, ne passait pour personne pour un élément à
décharge. Car cela marchait, comme les dizaines
d'autres règles qu'il m'enseignait au fil des mois,
déduites de ses observations, dont certaines toutes
simples – ainsi ne sortait-il jamais sans jeter un coup
d'œil à la touffe de mouron plantée tout exprès sur le
pas de sa porte, dont la fleur, pour peu qu'elle fût fermée, lui indiquait qu'il allait pleuvoir dans l'heure :
elles m'ont rendu, certaines de ces recettes, les plus
précieux services. J'y recourais, pourtant, avec le sentiment vague de culpabilité que l'on peut ressentir à
s'abandonner aux mains d'un guérisseur, ou d'un sor-
cier, jusqu'au jour où, évoquant le personnage de
François et ses recettes à un ami frotté de météorologie, celui-ci m'interrompit, interloqué : « Mais c'est la
loi de Buys Ballot ! » François Hervé n'était guère
allé à l'école, mais il avait été capable de redécouvrir,
par sa seule observation, l'une des grandes lois de la
météorologie, vieille d'à peine un siècle...

J'en suis toujours au même point. Il me suffit de
lever la tête vers les nuages, d'écouter les vents venir,
pour retomber presque aussitôt en état d'enfance. Et
le peu de savoir que j'ai pu glaner au fil de lectures
vagabondes n'a fait que renforcer mes émerveillements. Je me pose toujours autant de questions,
même si je n'ai plus de François Hervé à tirer par le
paletot. Qui sait par exemple que l'air qui nous
entoure ne se réchauffe ni ne se refroidit, ne
s'assèche ni ne s'humidifie, mais qu'il est remplacé
par un autre volume d'air, plus chaud ou plus froid,
plus sec ou plus humide ? Et qui, marchant sur une

plage surchauffée, s'étonne qu'il puisse y avoir trente degrés d'écart entre la température à ses pieds et celle de l'air qui lui rafraîchit le visage ? Pourquoi l'air s'empile-t-il en couches, au-dessus de nous, qui ne s'interpénètrent pas ? Pourquoi la température décroît-elle d'un degré tous les cent cinquante mètres dans la troposphère, juste au-dessus de nos têtes, alors que dans la stratosphère elle tend à augmenter, pour redescendre encore dans la mésosphère et regrimper en flèche dans l'ionosphère ? Et puis, surtout : pourquoi les vents ? Se poser la question, sans se satisfaire des réponses trop évidentes, c'est sentir l'air se mettre à vivre, autour de nous. Car il y a des océans de vent, un équateur des vents qui n'est pas le même que celui de la rotation terrestre, avec son terrible « pot au noir », il y a des déserts de vent, ces zones de calmes subtropicaux qui étaient la terreur des marins, il y a des fleuves de vent, comme ces quatre torrents d'air, découverts après la dernière guerre, à quinze kilomètres au-dessus de nos têtes, qui hurlent autour du globe, sans jamais s'arrêter, à plus de cinq cents kilomètres/heure, il y a des vents qui sont des personnages de roman, des héros d'épopées, créant sur leur passage des civilisations, ordonnant toute vie à leurs lois, portant avec eux des légendes, le fœhn sec et brûlant, capable de cuire des pommes à même leurs arbres, le chinook à l'est des Rocheuses, qui hurle dans les corridors de glace et de neige et efface l'hiver comme par magie, le northern, venu du pôle Nord, qui balaie les grandes plaines, jusqu'au golfe du Mexique, et puis le mistral, la tramontane, le vent d'autan, le blizzard, le simoun, le blaast noir d'Écosse – sans oublier le plus grand, Sa Majesté la mousson, dispensatrice de vie...

Un jour, le nez dans le goémon, je vis le ciel se

refléter à la surface de l'eau, tandis que j'observais l'agitation des ophiures et des comatules au fond d'une mare, et je compris soudain que nous n'étions pas à la surface du monde, mais *dedans*, qu'à l'image de mon petit peuple des mares de Saint-Samson nous vivions nous aussi au fond d'un océan – de vents.

Depuis, il me semble que je ne vois plus le monde de la même manière.

Ce n'était pas tout à fait le blizzard, le vent mauvais qui a griffé la fenêtre toute la nuit, mais ça lui ressemblait furieusement, et au réveil tout est blanc alentour. Blanc le champ en contrebas, et blanches les maisons silencieuses. On dirait les arbres des haies nimbés de sucre glace, comme dans les cartes d'autrefois, de villages alsaciens enfouis sous la neige, saupoudrés de je ne sais quoi de brillant, où l'on pouvait voir une petite fumée monter d'une cheminée entre les sapins. Soyons honnête, la couche de neige ne paraît pas très épaisse, et c'est par acquit de conscience que je scrute un instant, à l'horizon, l'arrivée d'éventuels icebergs... (Ne haussez pas les épaules : j'ai connu, ici, dans la baie, une vague de froid si intense, dans ma jeunesse, *que la mer commençait à geler* : tout espoir n'est donc pas perdu.) Dans ses montagnes d'Arrée, Patrick, retour de la Branche du Nord, Québec, où ses exploits ont laissé derrière lui un sillage de légendes, exulte : déjà, il prépare ses raquettes, pour se lancer à corps perdu à travers la montagne, affronter les glaciers, se risquer sur les lacs gelés, à la rencontre des caribous, quelque part entre Mengleuz et Plounéour-Ménez. D'humeur plus prosaïque, ce matin, je me contenterai d'une promenade par le chemin qui mène à la rivière, vers le fond de la baie.

Les ornières se hérissent de tessons de glace, le froid me mord le nez et les joues, et tout, autour de moi, paraît s'être évanoui, englouti dans un puits de silence. D'où vient que la neige continue ainsi de nous fasciner – que dans toutes les écoles, quand tombe la neige, les enfants deviennent intenables, presque fous ? Peut-être de ce qu'elle est fuyante, insaisissable, comme venue d'outre-monde, prise dans une rêveuse dérive entre les éléments, sans jamais se réduire à l'un d'eux. Elle est de l'eau, certes, qui coule déjà entre mes doigts, et se fera torrent, rivière, au moment de la fonte, mais une *eau qui danse*, entre ciel et terre, dans une parenthèse du temps où l'on dirait la gravité abolie par miracle. Elle est terre, qu'elle irrigue, enrichit, et travaille. Feu aussi, qui me brûle les mains, de trop la pétrir, et feu de la cheminée que j'allumerai tout à l'heure au retour, chaleur douce de l'intimité. Et puis air, surtout, morceau de ciel et de nuage, parcelle d'air devenue visible, le temps d'un souffle. Peut-être la neige est-elle simplement ce qui circule entre les éléments et qui les lie, pour en faire une demeure – soit la définition même de l'imaginaire, dont elle serait comme la substance ? Conjonction de la lumière et du silence, et l'une des rares images de l'éternité inscrites en notre psychisme, elle renverrait en somme à notre propre lumière, et au silence qui en nous demeure – autre manière de dire que ses paroles sont celles-là mêmes de nos enchantements...

Je regagne Trostériou en longeant les haies brillantes de givre. Où sont passés les oiseaux qui pépiaient hier dans les branchages ? Me voilà seul, digne émule de Curwood et London, perdu dans le grand silence blanc. Je me retourne, une dernière fois, vers la baie en contrebas. La mer, immobile, brille comme du métal liquide, le ciel est gros de nuages noirs. On croirait s'avancer dans un négatif de photographie en noir et blanc. Et tout à coup je comprends l'ivresse légère qui m'accompagne depuis ce matin : le sol paraît plus clair que le ciel, comme si, le monde mis soudain à l'envers, toute la lumière venait du seul tapis de neige : depuis ce matin, sans m'en rendre compte, je marche dans le ciel, la tête en bas.

Quelqu'un, là-haut, a décidé de presser le mouvement. À peine a-t-on le temps de s'endormir sur des images de Grand Nord, la tête vibrante encore des effrois du « wilderness », que l'on se réveille sous des pépiements d'oiseaux. Le vent d'est s'est éclipsé pendant la nuit sans demander son reste, emportant la neige avec lui, le ciel, ce matin, a des reflets d'opale, les maisons de Térénez éclatent de blancheur. Tout, dehors, pétille et chante. Les ruisseaux clairs se bousculent dans les éclats de rire pour arriver les premiers à la grève. Les oiseaux, dirait-on, n'en peuvent plus de joie, qui s'étourdissent de trilles fous. Un vent d'ouest léger folâtre dans les chemins creux, musarde dans les coins de jardins, vous enivre soudain de parfums incroyables, puis s'enfuit dans un souffle. Un vrai vent de printemps, en somme, qui donne envie de danser et de rire, et taquine en passant les jupes légères des filles.

Je me hâte vers mon chemin familier, en bord de mer, pour prendre la mesure exacte du changement. Des bateaux de pêche ont mis le nez dehors, quelques voiles croisent au large, les prairies qui descendent du Cosquer ont comme un air de fête. Une petite tache jaune m'arrête, le cœur battant : une jonquille, ma première jonquille, au creux douillet d'un talus. Le printemps est là. Je voudrais goûter chaque seconde de cet instant, étirer le temps, arrêter sa course – car les jours me sont comptés, désormais, je ne le sais que trop, dans quelques mois, quelques semaines, il me faudra partager ce sentier avec la horde de vacanciers, accepter leur brouhaha, bref, laisser la place...

Ce n'est pas une jonquille, non, qui a ainsi percé le manteau de l'hiver, mais dix, mais cent jonquilles, dans le creux de Tréourhen, des perce-neige, des primevères, les premières fleurs de lande font des taches de lumière sur les hauteurs, mimosas et camélias explosent dans les jardins – une symphonie de couleurs, de parfums, à vous tourner la tête. Tout va trop vite. Cette fébrilité des oiseaux, de Pen an Dour au Fort, ces jacassements, ces brusques envols en tous sens : mes compagnons de l'hiver vont-ils bientôt m'abandonner, mes bernaches et mes pluviers regagner par étapes leurs taïgas, et leurs ciels sans limite ? Un jour, oui, je les suivrai, sur les ailes du vent...

Habite-t-on jamais vraiment un lieu, au point de le réduire à sa merci, de s'en faire le maître, de le dissoudre en soi, demandait Pierre-Jakez Hélias – ou bien est-ce le lieu qui vous habite, s'empare de vous, vous envahit et désaltère ? Je suis né ici, sur ce rivage, de ce dialogue interminable entre terre et mer, ce sont ces rochers, ces lumières, ces odeurs de sel et de vent qui m'ont fait ce que je suis – et cette rumeur des vagues, la nuit, mâchant et remâchant la grève de Tréourhen pour l'éternité. Ils sont entrés en moi, m'ont façonné comme les vagues et le vent façonnent un paysage, et c'est à travers eux, je le sais bien, que j'ai appris à lire, à lire le monde – et à me lire, parfois. Oui, je suis de ces paysages, de ce rivage où sans cesse s'affrontent terre et mer, et se nourrissent l'une l'autre, je suis de cet estran que chaque jour découvre et recouvre la mer, c'est depuis ce lieu que j'écris – et tout ce que j'ai pu dire de l'art, de la littérature, des puissances de l'imaginaire, livre après livre, n'était, je le mesure aujourd'hui un peu mieux, que les étapes nécessaires de cette exploration. Terre, où tout se calcule, s'accumule, se construit, où la peur dresse des murailles pour masquer l'horizon – temps de l'Histoire, de la culture, de la cité, temps de la loi, aussi, de l'argent et de la raison. Mer, abysse et écume, houle, marée, tourbillon d'énergie, création et destruction sans cesse confondues, étraves dans la lame, vers l'horizon ouvert, pur espace, pure ivresse – temps de l'éternité, et de la dépense. Et leur dialogue, et leur conflit, au plus profond de moi...

Je l'ai appris ici, de ces paysans qui plantaient leurs crocs dans les vagues, pour en arracher le goémon, qu'il n'est pas de culture qui ne se nourrisse des entrailles de la mer, pas de richesse qui vaille sans cette fièvre en soi, qui vous pousse sur les océans, par-delà l'horizon, pas de raison qui tienne si elle veut ignorer les abysses qui la bordent, la rongent, la couvrent de tempêtes, et la portent, aussi, pas de civilisation, pas de culture ou d'art qui se puissent développer sur l'ignorance de ces puissances – que viendraient-ils chercher, sinon, sur le rivage, tous ces touristes ?

Et je sais pourquoi me fascinaient, enfant, ces récits de pionniers dans l'Ouest américain, et ce mot, « wilderness », qui reste encore pour moi chargé de tant d'échos – cette expérience de la Frontière par laquelle le pionnier, face à la sauvagerie, loin de toute civilisation, de toute loi, de tout recours, écrasé par la puissance du monde alentour, devait découvrir

en lui, par-delà les codes, les usages, par-delà la raison et la peur, la même puissance, aveugle, inquié-
tante, tout à la fois destructrice et créatrice, qu'il lui
fallait apprendre à maîtriser, à mettre en forme, pour
une chance de la mettre en œuvre, et survivre : ce
que Jack London appelait « the call of the wild »,
l'appel de la Force – elles ne disaient jamais, toutes
ces histoires, que le fracas des vagues, là, dehors, qui
m'appelaient...

Une nuée de 470 vire dans un battement d'ailes,
fonce à ma rencontre, jusqu'à toucher les rochers du
Fort, vire de nouveau et bondit vers le large, les équipiers suspendus à leurs trapèzes. Je repense à Ewen
Le Clech, qui prépare activement sa première transat
Lorient-Saint-Barth, avec son complice Loïk Gallon.
Ainsi donc, ricaneront les esprits forts, des gamins
rêvant de liberté, d'espaces grands ouverts, s'enfer-
ment pour les atteindre dans un espace plus réduit
qu'une cellule, et s'imposent, pour survivre, une dis-
cipline de fer – étrange liberté, en vérité, emprise de
l'illusoire ! Marin celui qui devine que l'espace à
gagner n'est pas géographique, d'abord, mais mental,
spirituel. Nos Bretagnes à nous sont toujours inté-
rieures...

Une très vieille légende prétend que lorsque les
Gaëls envahirent l'Irlande, le peuple féerique des
Tuatha de Danaan déplaça simplement son
royaume : du visible, il glissa dans l'invisible. Voilà
bien des semaines que je repense à cette légende,
tandis que j'essaie de comprendre ce qui me ramène
à ce coin de rivage, de ressaisir un peu de l'esprit, de
l'âme de cette baie – de ce qui, pour moi, en fait vraiment un lieu. Car c'est ce royaume qui revient sous
ma plume, quoi que je fasse, c'est cet « ailleurs » qu'à

chaque fois je découvre ou pressens, disant ce qui
m'attache à cet « ici » – à croire décidément qu'un
« ici » n'est un lieu que s'il est une porte...

« Du vent », diront les esprits forts qui, comme
chacun sait, ne manquent pas. Du vent, oui, précisément. N'est-ce pas le vent qui fait toute la beauté du
monde, sculpte les nuages, éteint ou illumine les paysages, le vent, que guettent peintres et photographes
pour ses ciels de traîne, après la pluie ? Et s'il est vrai
qu'il est le maître du climat, fait souffler les tempêtes,
met la mer en mouvement, c'est lui, en vérité, qui
façonne le rivage comme il gonfle ces voiles qui
glissent à l'horizon, et nous sommes sous son souffle
comme une voile, ou une aile : une manifestation du
vent.

Du vent. Autant dire rien : invisible, il n'a ni
forme, ni dimension, ni odeur, ni goût qui puissent lui
être attribués en propre. Nous ne l'appréhendons
jamais que par ses effets, l'arbre qu'il courbe, la voile
qu'il gonfle, le mur qu'il effondre. Et pourtant, sans
lui, il n'y aurait sur terre aucune vie, l'humidité sta-
gnerait sur les océans, les terres, vers les Tropiques,
seraient des déserts de feu et partout ailleurs gèle-
raient, il n'y aurait pas d'érosion, et donc pas de
terre, pas de culture. S'interromprait-il qu'il n'y
aurait pas de pollinisation, les arbres puis la terre
deviendraient stériles : il est la vie, la semence, la
force à l'œuvre de la création – de là sans doute que
tous les mythes le donnent comme force mâle, puissance d'enfantement.

Presque rien, et pourtant essentiel, qui éveille à la
vie la matière obscure. N'est-il pas, invisible, insaisissable, sinon par ses effets, et en même temps indé-
niable, la première expérience sensible de l'ineffable,
la définition même de l'esprit ? « Spiritus » en latin

189

désignait la respiration des dieux, liant dans un même mot le souffle de l'esprit et celui des vents ; « ruah » en hébreu comme « ruh » en arabe confondent en un même mot le vent et l'esprit ; le grec « pneuma », le latin « animus » expriment tout à la fois le souffle de l'air et la chair de l'âme. Et vents peuvent être dits nos musiques, nos paroles, les histoires colportées de village en village qui tissaient notre mémoire et notre imaginaire...

Un lieu, en somme, ne serait que du vent. Autrement dit une âme...

Le monde est parcouru de lignes de chant, soutiennent les aborigènes australiens, que chacun doit parcourir et reparcourir sans cesse, et sous ses pas, en écho à son chant, chaque chose nommée, oiseau, plante, roche, alors s'éveillera – mais que les hommes un jour s'arrêtent de chanter et le monde à coup sûr cessera d'exister... Qu'ai-je fait d'autre, que tenter de suivre ici ma « ligne de chant » ? En songeant à chaque pas, tentant de dire ce lieu, que toute musique, tout chant est aussi un appel, une manière de rendre plus proches les lointains, de tenter, le temps d'un souffle, d'une mélodie, de faire coïncider l'ici-bas et l'ailleurs qui lui donne vie.

Rien que le bruit du vent, dans la baie de Morlaix. Toute la beauté du monde.

REMERCIEMENTS

À tous ceux, vivants et morts, qui m'ont accompagné, tout au long de ce livre : à Antoine Pouliquen, d'abord, archiviste passionné, bouquiniste et marin, mon ami, qui a si heureusement guidé mes recherches et à Marianne ; à Yvon et Anne Le Vaillant, pour leur bibliothèque pillée, et bien d'autres choses ; à Antony Lhéritier, glorieux barreur du *Loustic*, capitaine du *Coz Forn*, et à la Mouche ; à Cécile, Marie et Job Deuff pour tant de souvenirs ravivés du temps de mon enfance ; à René Le Clech, Luc Le Vaillant et Daniel Andrieu pour l'époque joyeuse du Térénez Torch Team, et quelques épisodes de la grande geste térénézienne ; à François Hervé, mon vieux compagnon que je n'oublie pas ; à Rolland et Annick Le Roux, pour l'amitié et pour la mémoire ; à Patrick Ewen, pour le Caol Ila, et quelques autres choses qu'il sait bien ; à Fanch Le Floch, pour tous les rêves qu'il m'a donnés ; à Paul, René, Olivier et Thérèse Deuff, qui ne sont plus là, pour tout ce que Ti Louzou fut dans mon enfance ; à Soaz et Lomic Gueguen ; à Marianne de Pen an Dour ; et à tous les autres, de ce lieu qui m'a fait, je voudrais dire ici, simplement, merci. Merci pour tant d'années, et merci pour la beauté du monde.

Les études de Jean Darsel sur l'Amirauté de Morlaix (la seule entreprise à ce jour, à ma connaissance), celles de Jean Pommerol sur les « Messieurs de Morlaix », les conférences de Jean Marzin sur Morlaix en 1830, et sur les armateurs morlaisiens et la guerre de course, ainsi que les innombrables articles de Louis Le Guennec, parmi bien d'autres documents, ont souvent accompagné mes pérégrinations.

Yvon Le Men m'a communiqué le poème inédit *L'Habitant habité* que Pierre-Jakez Hélias lui avait adressé quelque temps avant sa mort. Le savant Lyall Watson, auteur du *Souffle d'Éole*, a nourri nombre de mes rêveries sur le vent. Et j'ai emprunté à Bruce Chatwin *(Le Chant des pistes)* la métaphore des lignes de chant.

COMPOSITION ET IMPRESSION
S.N. FIRMIN-DIDOT AU MESNIL-SUR-L'ESTRÉE (8-98)
DÉPÔT LÉGAL : MAI 1997. N° 31016-3 (43839).

L'Homme aux semelles de vent
Grasset, 1977
« Petite Bibliothèque Payot », 1992

Le Paradis perdu
Grasset, 1981

Le Journal du romantisme
Grand Prix de la Société des Gens de Lettres
Skira, 1981

Ys, dans la rumeur des vagues
Artus, 1985

La Porte d'or
Grasset, 1986

Dublin
Autrement, 1986

Une amitié littéraire :
Henry James-Robert Louis Stevenson
Verdier, 1987
nouvelle édition revue et augmentée,
« Petite Bibliothèque Payot », 1994

La Fièvre de l'or
Gallimard, 1988, 1995

Au vent des royaumes
Artus, 1991

Pour une littérature voyageuse
(ouvrage collectif)
Complexe, 1992

Le Grand Dehors
Payot, 1992

Robert Louis Stevenson : les années bohémiennes
(biographie, tome 1)
NiL Éditions, 1994

Robert Louis Stevenson
(ouvrage collectif)
Cahiers de l'Herne, 1995

Fragments du royaume
(conversations avec Yvon Le Men)
Éditions Paroles d'Aube, 1995

Bretagne, entre vents et amers
(photographies de Jean Hervoche)
Éditions Apogée, 1996

Collection Points

DERNIERS TITRES PARUS

P450. La Suisse, l'Or et les Morts, *par Jean Ziegler*
P451. L'Humanité perdue, *par Alain Finkielkraut*
P452. Abraham de Brooklyn, *par Didier Decoin*
P454. Les Immémoriaux, *par Victor Segalen*
P455. Moi d'abord, *par Katherine Pancol*
P456. Traité du zen et de l'entretien des motocyclettes
       par Robert H. Pirsig
P457. Un air de famille, *par Michael Ondaatje*
P458. Les Moyens d'en sortir, *par Michel Rocard*
P459. Le Mystère de la crypte ensorcelée, *par Eduardo Mendoza*
P460. Le Labyrinthe aux olives, *par Eduardo Mendoza*
P461. La Vérité sur l'affaire Savolta, *par Eduardo Mendoza*
P462. Les Pieds-bleus, *par Claude Ponti*
P463. Un paysage de cendres, *par Élisabeth Gille*
P464. Un été africain, *par Mohammed Dib*
P465. Un rocher sur l'Hudson, *par Henry Roth*
P466. La Misère du monde, *sous la direction de Pierre Bourdieu*
P467. Les Bourreaux volontaires de Hitler
       par Daniel Jonah Goldhagen
P468. Casting pour l'enfer, *par Robert Crais*
P469. La Saint-Valentin de l'homme des cavernes
       par George Dawes Green
P470. Loyola's blues, *par Erik Orsenna*
P472. Les Adieux, *par Dan Franck*
P473. La Séparation, *par Dan Franck*
P474. Ti Jean L'horizon, *par Simone Schwarz-Bart*
P475. Aventures, *par Italo Calvino*
P476. Le Château des destins croisés, *par Italo Calvino*
P477. Capitalisme contre capitalisme, *par Michel Albert*
P478. La Cause des élèves, *par Marguerite Gentzbittel*
P479. Des femmes qui tombent, *par Pierre Desproges*
P480. Le Destin de Nathalie X, *par William Boyd*
P481. Le Dernier Mousse, *par Francisco Coloane*
P482. Jack Frusciante a largué le groupe, *par Enrico Brizzi*
P483. La Dernière Manche, *par Emmett Grogan*
P484. Les Lauriers du lac de Constance, *par Marie Chaix*
P485. Les Fous de Bassan, *par Anne Hébert*
P486. Collection de sable, *par Italo Calvino*
P487. Les étrangers sont nuls, *par Pierre Desproges*

P488. Trainspotting, *par Irvine Welsh*
P489. Suttree, *par Cormac McCarthy*
P490. De si jolis chevaux, *par Cormac McCarthy*
P491. Traité des passions de l'âme, *par António Lobo Antunes*
P492. N'envoyez plus de roses, *par Eric Ambler*
P493. Le corps a ses raisons, *par Thérèse Bertherat*
P494. Le Neveu d'Amérique, *par Luis Sepúlveda*
P495. Mai 68, histoire des événements
       par Laurent Joffrin
P496. Que reste-t-il de Mai 68 ?,
       essai sur les interprétations des « événements »
       par Henri Weber
P497. Génération
       1. Les années de rêve
       par Hervé Hamon et Patrick Rotman
P498. Génération
       2. Les années de poudre
       par Hervé Hamon et Patrick Rotman
P499. Eugène Oniéguine, *par Alexandre Pouchkine*
P500. Montaigne à cheval, *par Jean Lacouture*
P501. Le Mendiant de Jérusalem, *par Elie Wiesel*
P502. … Et la mer n'est pas remplie, *par Elie Wiesel*
P503. Le Sourire du chat, *par François Maspero*
P504. Merlin, *par Michel Rio*
P505. Le Semeur d'étincelles, *par Joseph Bialot*
P506. Hôtel Pastis, *par Peter Mayle*
P507. Les Éblouissements, *par Pierre Mertens*
P508. Aurélien, Clara, mademoiselle et le lieutenant anglais
       par Anne Hébert
P509. Dans la plus stricte intimité, *par Myriam Arissimov*
P510. Éthique à l'usage de mon fils, *par Fernando Savater*
P511. Aventures dans le commerce des peaux en Alaska
       par John Hawkes
P512. L'Incendie de Los Angeles, *par Nathanaël West*
P513. Montana Avenue, *par April Smith*
P514. Mort à la Fenice, *par Donna Leon*
P515. Jeunes Années, t. 1, *par Julien Green*
P516. Jeunes Années, t. 2, *par Julien Green*
P517. Deux Femmes, *par Frédéric Vitoux*
P518. La Peau du tambour, *par Arturo Perez-Reverte*
P519. L'Agonie de Proserpine, *par Javier Tomeo*
P520. Un jour je reviendrai, *par Juan Marsé*
P521. L'Étrangleur, *par Manuel Vázquez Montalbán*
P522. Gais-z-et-contents, *par Françoise Giroud*

P523. Teresa l'après-midi, *par Juan Marsé*
P524. L'Expédition, *par Henri Gougaud*
P525. Le Grand Partir, *par Henri Gougaud*
P526. Le Tueur des abattoirs et autres nouvelles
par Manuel Vázquez Montalbán
P527. Le Pianiste, *par Manuel Vázquez Montalbán*
P528. Mes démons, *par Edgar Morin*
P529. Sarah et le Lieutenant français, *par John Fowles*
P530. Le Détroit de Formose, *par Anthony Hyde*
P531. Frontière des ténèbres, *par Eric Ambler*
P532. La Mort des bois, *par Brigitte Aubert*
P533. Le Blues du libraire, *par Lawrence Block*
P534. Le Poète, *par Michael Connelly*
P535. La Huitième Case, *par Herbert Lieberman*
P536. Bloody Waters, *par Carolina Garcia-Aguilera*
P537. Monsieur Tanaka aime les nymphéas
par David Ramus
P538. Place de Sienne, côté ombre
par Carlo Fruttero et Franco Lucentini
P539. Énergie du désespoir, *par Eric Ambler*
P540. Épitaphe pour un espion, *par Eric Ambler*
P541. La Nuit de l'erreur, *par Tahar Ben Jelloun*
P542. Compagnons de voyage, *par Hubert Reeves*
P543. Les amandiers sont morts de leurs blessures
par Tahar Ben Jelloun
P544. La Remontée des cendres, *par Tahar Ben Jelloun*
P545. La Terre et le Sang, *par Mouloud Feraoun*
P546. L'Aurore des bien-aimés, *par Louis Gardel*
P547. L'Éducation féline, *par Bertrand Visage*
P548. Les Insulaires, *par Christian Giudicelli*
P549. Dans un miroir obscur, *par Jostein Gaarder*
P550. Le Jeu du roman, *par Louise L. Lambrichs*
P551. Vice-versa, *par Will Self*
P552. Je voudrais vous dire, *par Nicole Notat*
P553. François, *par Christina Forsne*
P554. Mercure rouge, *par Reggie Nadelson*
P555. Même les scélérats..., *par Lawrence Block*
P556. Monnè, Outrages et Défis,
par Ahmadou Kourouma
P557. Les Grosses Rêveuses, *par Paul Fournel*
P558. Les Athlètes dans leur tête, *par Paul Fournel*
P559. Allez les filles !
par Christian Baudelot et Roger Establet
P560. Quand vient le souvenir, *par Saul Friedländer*